O que resta a partir daqui
Flávia Braz

ABOIO

O que resta a partir daqui

Flávia Braz

Aos meus pais, Lidia e Flávio que, mesmo sem entender, estiveram sempre aqui. A coragem e a gentileza com que vocês assimilam a vida promovem revoluções.

A verdade tem uma estrutura, se podemos dizer, de ficção.
Jacques Lacan

Tinha passado os últimos dois anos encaixando o pinto de homens estranhos em bocas de papagaios plásticos e desperdiçando muitas camadas de paciência tentando salvar a pele de bundas de velhas que nunca serviram pra nada, e isso em algumas culturas, o fato de a pessoa começar a enrugar, lhe confere um atestado de caráter e humanidade que talvez ela nunca tenha merecido, eu dizia em voz alta olhando pra dona Yolanda, porque achava que ela não podia me escutar, mas certeza mesmo a gente nunca tem, e no fundo torcia pra ela estar sorvendo cada sílaba que saía da minha boca, uma sopa de letrinhas, mesmo a doença tendo decretado que o que sobrara do seu cérebro fosse apenas esfarelamento, mas se tivesse sido menos ordinária poderia ter pelo menos um sobrinho aqui pra desembaraçar seu cabelo, alguém que se importasse com os nós de pelos ralos em torno da sua cabeça, falava já bem perto do seu ouvido, porque apesar de não haver nenhum indício de afeição da família pela velha a ponto de colocar uma câmera pra flagrar algum maltrato, precisava daquele emprego e não podia correr o risco de me flagrarem distribuindo verdades em plena luz do dia, não que fizesse alguma diferença se essas verdades fossem arremessadas durante a noite ou no meio da madrugada, mas tinha de ter o mínimo de cautela, a velha Yoyô era o trabalho extra que eu fazia pra complementar a renda de merda da casa de repouso, onde também dissipava meus dias, mas com aval do INSS e com carteira assinada, pelo menos essa era a história que eu contava, ela morava num sobrado de classe alta onde cheguei indicada por uma conhecida, embora ela se diga amiga, diga que é minha amiga, talvez seja mesmo, e logo nos primeiros dias percebi que Yolanda era alguém que havia sido pouquíssimo amada na vida, um peso quase morto usando vestido no meio da sala, só um desavisado poderia supor algo diferente, imaginar que alguém nutrisse qualquer sentimento bom por ela, embora admire essa gente que está chegando ao fim, eles sempre foram bem mais honestos, não os velhos, mas os fins, e basta parar um pouco pra pensar, pra refletir sobre o enorme rol de expectativas que circunda o corpo de um bebê de dez meses, por exemplo, um corpinho que só faz cocô e regurgita, tentava explicar pra Madalena, a babá do filho da dona Cláudia, nora da velha Yoyô, ela achava graça no jeito que eu falava, porque preferia acreditar que era brincadeira, mas quando eu olhava pro Leonardo só conseguia pensar que descontados os risinhos inocentes podíamos estar diante de um psicopata com fortes tendências a matador em série, um menino que se preparava pra invadir um cinema dali a uns anos e disparar contra estranhos que assistem a alguma coisa que o desagrada, um filme ruim que não deveria estar em cartaz, ou não, talvez ele se tornasse só um chato como o pai, mas como saber?, nesses anos cuidando das assaduras que acometem as peles gastas descobri que o tempo pode servir pra aprofundar as escaras, mas nem sempre ajuda a dissipar as lembranças ruins, os traumas e os desafetos, por isso parei de desferir julgamentos e passei a fazer piadas dessa gente no silêncio da minha cabeça, avaliando e conhecendo cada vez mais as famílias complicadas com quem lidava diariamente, que fingiam se importar, como a dona Cláudia, pra quem eu pedia semanalmente pomada e fralda, por favor, quando me perguntava do que a velha estava precisando, mas minha vontade era responder chumbinho, e ficava imaginando aquela substância cinza e granulada percorrendo a corrente sanguínea da velha e inibindo enzimas muito importantes pro funcionamento do sistema nervoso, ela começando a se sentir tonta, batendo na mesinha ao lado da cama pra tentar me chamar, porque desde que ela perdeu a fala não consegue mais dizer meu nome nem se referir a Madá como neguinha, eu ficaria escutando as pancadinhas no móvel sem me mexer, aí viriam os vômitos, o suor, os tremores, e só quando ela já tivesse manchado todo o lençol, eu levantaria correndo e gritando, ambulância, dona Cláudia, chame a ambulância, pelo amor de deus!, mesmo não acreditando nele, mas já seria tarde demais pra conter toda a espuma que a velha Yoyô estaria expelindo pela boca, pelas narinas, trancaria minha respiração pra não sentir seu cheiro e a colocaria entre meus braços fingindo que tentava trazê-la de volta, uma ceninha de ressuscitação, mas só estaria cochichando esperei muito por este dia.

Não escolhi cuidar de gente e tocar em pessoas que não desejava, foi a vida, o destino ou toda sorte de eufemismos que meu curso de Letras pode me permitir citar pra dizer que fui compelida a meter a mão na merda, no corpo de estranhos, primeiro num asilo e depois na casa daquela família, aí fui descendo ladeira abaixo enquanto meus sonhos passavam por mim como borrões observados pela janela de um carro em altíssima velocidade, embora a gente não viajasse muito, porque meu pai preferia investir o salário de contador em pernas, primeiro nas da Irene, sua secretária, que tinha um dos pares mais bonitos que eu já tinha visto, e em alguns momentos minha raiva até diminuía, porque pensava que ele estava me trocando por uma coisa muito bem desenhada, cheia de curvas, então eu passava horas esfregando minhas coxas com os cremes da minha mãe pra tentar ficar com pernas mais bonitas que as dela, que não percebia que estava perdendo o marido por falta de hidratação, foi quando descobri que beber água ajudava a deixar o corpo funcionando melhor, e as pernas?, cheguei a perguntar na escola, as pernas também?, tudo, a professora disse, o corpo todo, comecei a carregar uma garrafa comigo, se um dia tivesse de perder meu marido, pensava, não seria por culpa de uma circulação ruim, e o mais estranho é que no dia em que a encontrei no banheiro a primeira coisa que consegui ver foram suas pernas rodeadas de uma porção de pílulas, cheguei a pensar que agora mamãe estava finalmente cuidando da pele e aquele devia ser um tratamento novo pra reconquistar o papai, pra melhorar a pele ressecada, mas quando os homens entraram correndo me mandando sair, percebi que se fosse mesmo um novo método ela estaria exagerando, nem papai valeria todo aquele sacrifício, poderíamos usar aquele dinheiro pra fazer mais viagens, imagina quanto deve custar pra contratar todos esses funcionários de branco, que correm tão rápido, ainda mais com um carro grande como aquele que vem até com sirene, que grita tão alto?, quando eles passaram com ela na maca, coberta, pensei que com aquilo tudo de papel alumínio a gente até poderia passear em algum lugar fora do país, mas aquela foi a última vez que vi as pernas da minha mãe, no velório cobriram elas com um monte de flores horríveis, e mesmo com dez anos sabia disso, que não veria mais as pernas dela, tentei dizer isso pro meu irmão, que era mais novo do que eu e não sabia que água faz bem pra hidratar o corpo, muito menos que nossa mãe tinha desistido da gente, mesmo conhecendo o papai, mesmo sabendo que meu pai sofria de uma queda irrefreável por pernas bem delineadas, por isso não gostava mais de nenhum de nós, uma família de ressecados, no dia seguinte ao que encontrei mamãe no banheiro, ainda antes do velório, ele apareceu, meio irritado, com os olhos bem inchados, pra dizer que a gente ia mudar de casa e morar com ele, na hora me senti muito sortuda por ter uma mãe com hidratantes tão bons, uma mãe que tinha encontrado os produtos certos pra pernas tão instáveis, acreditei que tinha dado certo, que eles tinham feito as pazes, não sem antes discutirem, claro, trocarem algumas verdades, talvez por isso ele parecesse tão mal-humorado, imaginei que tivesse sido no hospital, enquanto ela se recuperava do tombo ao lado da privada, mas depois ele foi dizendo que mamãe tinha virado estrelinha, falava abrindo e fechando a mão, uma estrela muito iluminada, que ficaria olhando a gente lá de cima, eu ainda era muito nova quando descobri que se mamãe tivesse mesmo virado uma estrela, que ideia!, ela era uma das piores que existiam, talvez até pela falta de hidratação, uma estrela com pouco brilho, só isso explicaria a dificuldade de enxergar, mesmo de um lugar tão alto, que a moça da perna bonita, a eleita pelo meu pai, trataria a mim e ao meu irmão muito mal, acho que foi aí que desisti de tomar água e comecei a beber do restinho do copo que papai deixava sempre que ele gritava com as pernas estonteantes, porque pensava que se tomasse daquilo, além de ficar com a boca cheirando como a dele, também poderia criar coragem pra gritar com ela, como ele fazia de vez em quando, mas isso nunca aconteceu, porque eu sempre dormia antes, e quando papai decidiu que a gente mudaria de casa, quer dizer, foi isso que pensei quando ele disse a gente, mas depois percebi que papai falava dele e das novas pernas que ele amava muito agora, quando ele decidiu isso eu e meu irmão fomos morar com uma tia, irmã da minha mãe, e mais dois primos, numa casa que tinha um quintal muito comprido, no começo fiquei triste, claro, mas depois me animei com a possibilidade de ter mais dois irmãos, um lugar pra espalhar terra sem meu pai gritar que eu fazia muita sujeira, e logo nas primeiras semanas entendi que quintal era mesmo um lugar pra se sujar, quando meu primo mais velho manchou minha camiseta nova com um líquido bem grudento que parecia a cola que eu usava pra fixar dinossauros em folhas de papel-cartão, ele parecia tão feliz, apesar de fazer um barulho de dor que lembrava gente brava, séria e sofrida, mas depois ria, dizia que eu era das boas, uma menina que colava dinossauros tortos num caderno velho descobrir que era das boas, que ideia!, e então comecei a guardar todos numa pasta, enfileirando os dinossauros por tamanho, separando por tipos, sem ninguém ver, como várias coisas que aconteciam ali e ninguém via, ou pelo menos fingia não ver, foi nessa época que toquei pela primeira vez o pinto do meu primo, sem saber que passaria o resto da vida segurando carnes estranhas e murchas, que não controlavam a própria urina e exigiriam de mim a destreza de encaixá-las em bocais de papagaios pra não ficar toda mijada, depois passei a ter que meter o pinto dele na boca e em vários outros lugares, e em algum momento entendi, finalmente entendi, que não era de dinossauros que Ivan falava, foi quando comecei a sentir muita raiva dele.

Dona Yoyô tinha sido criada numa época em que as pessoas usavam nomes errados pra falar de gente direita, era mais ou menos isso que a Madalena tentava me dizer quando a velha falava vai você que é preta e não serve pra nada, vai pegar a sacola com as minhas agulhas lá no quarto, e a Madá ia, meio sem graça, fingindo um riso forçado, e voltava brincando carinhosa com a velha, dizendo só a senhora, dona Yolanda, só a senhora, quando ela fazia isso eu tinha vontade de usar aquelas agulhas pra abrir seus olhos, porque o mal da Madalena sempre foi a falta, falta de afeto, de estudo, de amor-próprio, desde que tinha chegado naquela casa tentava explicar pra ela que, embora precisássemos do salário, era a velha que dependia da gente pra passar o dia com a bunda limpa ou mesmo pra não morrer engasgada com a própria saliva, mas ela ria, porque também sofria de falta de raiva, sem falar do seu apego aos inícios, Madá costumava valorizar os começos e todas as mentiras típicas deles, como o primeiro sorriso, o primeiro beijo, o primeiro dente, a primeira palavra, o primeiro dia sem fralda, os primeiros passinhos, sem lembrar do primeiro tiro que aquela mãozinha poderia dar em alguns anos, eu dizia e ela ria, com os olhos, porque Madalena evitava mostrar seus dentes, talvez por serem um pouco tortos, talvez porque não sentisse espaço pra isso, eram eles que me guiavam no corredor escuro durante as madrugadas, eram os olhos da Madá que seguia quando ela aparecia no corredor com suas pernas hidratadas enquanto eu encharcava a velha com água de coco, ficava me perguntando como uma mulher que nunca usou creme nenhum, quase nem tomava água, conseguia ter um par de pernas tão bonito, ainda mais uma pessoa que passou os últimos dez anos cuidando do filho dos outros, achando que cheiro de cocô de criança era sinal de felicidade, alguém que começava o dia mergulhada naquela euforia angustiante de ele acordou, ele sorriu, olha que lindo que são esses olhos fechados, essas bochechas rosadas, da campainha tocando por dias, semanas, a cada dez minutos anunciando a chegada de parentes que se odeiam, mas celebram unidos a chegada de um rebento que só vai ser mais um nome no processo da partilha de bens lá na frente, mas a Madá gostava disso, e quando voltava pra casa dela, a cada quinze ou trinta dias, achava tudo vazio, porque não tinha cheiro de leite azedo, de fralda suja, só o barulho dos ratos fazendo bagunça bem em cima da minha cama, ela dizia rindo, embora não tivesse graça nenhuma, mas as conversas com a Madalena me faziam pensar sobre a supervalorização dos começos e de como fui assim um dia, não igual a ela, mas também acreditando em planos hidratados por amor e cumplicidade, isso não existe, falava, não existe, mas ela rebatia alegando que eu não entendia, você não entende, sou quase da família, a Madá falava balançando o Leonardo de um lado pro outro, acreditando mesmo fazer parte daquilo, enquanto lembrava do dia em que minha tia falou pra mim que já era muito difícil criar dois filhos, imagina mais dois que nem eram dela, apesar de serem quase a mesma coisa, que eu precisava arrumar um emprego porque minhas brincadeiras no quintal estavam atrapalhando os estudos do Ivan.

Num sábado, papai entrou no meu quarto muito animado me chamando pra ir com ele a uma loja de plantas, só eu e você?, perguntei, ele respondeu que sim, minha mãe e meu irmão ficariam em casa, lembro de estar sentada no banco da frente com aquele homem, num lugar que quase nem um adulto deixava as crianças sentarem, ficava confusa se olhava pra ele ou se tentava empinar meu corpo pra me mostrar pros outros carros, pras pessoas que passavam e não deixavam seus filhos irem no banco da frente, talvez por não sentirem o mesmo amor que meu pai sentia por mim ou por não terem tanta paciência, mas quase sempre quem vencia era a barba dele, era pra ela que eu olhava, nenhum fio branco, toda penteada, as duas narinas cheias de pelos e suas mãos no volante que iam de um lado pro outro, às vezes uma delas trocava a marcha ou mexia no rádio, mas aí o carro parou, a música se misturou a uma conversa ainda mais musical, com muitas risadas, ele dizendo então, essa aqui é ou não é a menina mais bonita da cidade?, uma mulher abriu a porta do carro, passando a mão nos meus cabelos e me puxando pelo braço, como são lindos os seus olhos, sem perceber que eles estavam cheios de água, foi me dizendo que lugar de criança era ali, no banco de trás, mas que ele não tinha exagerado, eu era mesmo uma filha linda, enquanto a mão dela descansava em algum lugar que não era aquele que meu pai usava pra dirigir, pra trocar a marcha, então só podia ser na perna dele, pensava, acho que foi naquele dia que descobri que algumas mãos ficam muito cansadas, e por anos me perdoei por não ter batido bem forte naquela mulher com as minhas, porque elas também deviam estar cansadas, as minhas mãos.

Toda vez que olhava pras mãos da dona Yolanda me perguntava será que as minhas vão ficar assim também, cheias de manchas?, aí lembrava que os velhos, os outros velhos da casa de repouso, tinham mãos parecidas com as dela, algumas mais comprometidas, por excesso de uso provavelmente, muitas pias de louça, tanques, sacos de cimento manipulados, limpeza de bundas e mais bundas de filhos, cortes de madeira, de cebolas, agrião, muitas refeições preparadas, mas não a velha Yoyô, tão imprestável que poderia funcionar como um excelente produto pra se ter em casas de famílias abastadas e cafonas, um produto que dura anos, sobrevive às manchas de vinho e acaba sendo oferecido nas ocasiões mais fúnebres, aquelas nas quais ninguém repara na louça, nem no cardápio, muito menos no tecido da toalha, mas eles continuam lá enfeitando, não se sabe bem o porquê, mantendo a tradição de se conservarem na família, passando de geração pra geração durante décadas, presenças cativas de almoços, jantares e desjejuns, pratos quentes e frios, testemunhos fiéis de todo desamor, desamparo e desunião de uma família, o pano de prato Yolanda, por que não?, que não seca nada, mas fica ali pendurado, num lugar meio escondido, endurecido pela sujeira do dia a dia, com estampas que ninguém mais sabe discernir, que não combinam com nada, assim como minhas roupas e as da Madalena, nada sóbrias, segundo a dona Cláudia, ela exigia que trabalhássemos usando roupas brancas compradas de baciada numa loja no centro da cidade, com manequins enormes, muito maiores do que eu e Madalena usávamos, mas ela achou legal, a Madá gostou quando fomos experimentar os uniformes, foi isso que ela disse quando estávamos atravessando a faixa de pedestres, que ia nos dar uniformes novos, e a Madalena sorriu com os olhos como se aquilo fosse uma coisa boa de se dizer ou ainda de se ouvir, tá enorme, dona Cláudia, cheguei a dizer, mas ela já estava no caixa falando alto que agora as meninas ficariam sóbrias e a Madá teve uma crise de riso, achou que a dona Cláudia estava querendo dizer que a gente bebia em serviço, ela dizia e ria, enquanto apertava a lateral da minha calça prometendo que assim que chegássemos em casa daria um jeito na pence, calça assim não dá pra usar, não, como se o resto desse, mas a Madalena dizia que era maldade minha, se fosse assim ela não teria feito questão de levar a gente pra experimentar as roupas, duas bonecas seguindo seus passos pelas ruas do comércio popular, sendo vestidas pra não destoarem da decoração da casa, tudo neutro, gosto neutro, a dona Cláudia dizia, arremessando camisetas e calças gigantes na gente.

Nunca soube o que meu irmão achava daquilo, o que achava das brigas entre nossos pais, sei lá, ele dizia, estava quase sempre dormindo, mas eu assistia a tudo da ponta da escada do sobrado em que morávamos, talvez por isso, até hoje, prefira casas térreas, como se o perigo morasse nos degraus, naquela época, papai e mamãe ainda fingiam que se gostavam, mesmo não trocando muitos olhares nem palavras, morávamos no silêncio, e passei a gostar dele, principalmente quando descobri que o oposto eram trocas de ofensas e objetos que desafiavam a gravidade, quando as brigas cessavam eu ia pro quarto, fechava a porta e ficava tentando entender por que eles fingiam ainda se importar, meu pai que não queria voltar pra casa e minha mãe que dizia não gostar mais dele por saber que ele não queria mais estar ali, por isso eu adorava os fins de semana, sabia que papai não precisaria sair pra trabalhar, então, não corríamos o risco de não querer voltar e mamãe não saberia que ele não queria estar lá, porque apenas estava, e aconteceu que num domingo de manhã mamãe me chamou na cozinha sussurrando e desembrulhou de um pano velho um revólver, de verdade?, perguntei e ela confirmou, nunca tinha visto uma coisa daquelas perto de mim, mas lembrei de um moço de bigode que usava aquilo pra matar passarinhos num desenho que adorava e quis saber se íamos caçar rola, mas ela me deu um tapão na boca, fiquei sem entender nada, semanas depois na escola um menino que eu achava muito bonito perguntou você gosta de passarinho?, eu disse que adorava, mas de rola, você gosta de rola?, ele insistiu, fazendo rir um monte de meninos bobos que estavam ao seu lado, mas como achava que ele tinha os dentes mais bonitos da escola, confirmei que sim e ele também riu, dizendo que um dia ia me levar pra pegar a dele, fui embora feliz, pensando na sorte que tinha dado de justo o menino mais lindo da turma também gostar de pássaros e que as meninas iam morrer de inveja quando soubessem, foi o que disse pra minha mãe logo que cruzei o portão, que o menino dos dentes brancos me levaria pra pegar a rola dele, ela me deu outro tapão na boca e depois disso nunca mais falei de rola com ninguém.

As pessoas arrumam nomes engraçados pra deturpar o sentido das coisas, chamar um asilo, um depósito de velhos, de casa de repouso, por exemplo, como se os hóspedes estivessem ali descansando depois de uma longa viagem ou de um trabalho estafante, quando estão apenas aguardando a morte submersos num cheiro forte de mijo e de merda, havia muitas outras ironias que envolviam aquele lugar, a começar pelo fato de que ficava numa rua sem saída, arborizada, plana, mas sem saída, admiro a audácia do proprietário, imagino ele chegando em casa e contando pra família agora somos donos de um lugar que cuida de gente idosa, vamos fazer de tudo pra manter o ambiente bem limpo, tocar músicas relaxantes, mas nem tanto, porque tem a coisa da incontinência urinária, contrataremos os melhores profissionais, por isso teremos de cobrar um preço um pouco elevado em comparação aos outros estabelecimentos, mas valerá a pena, já que terá até jardim de inverno, e o melhor vocês não sabem, ele diria, vamos prezar por uma relação franca e honesta, principalmente com os familiares, que são os únicos que fingem raciocinar, vamos começar revelando o endereço, porque, escutem essa, a casa de repouso vai ficar numa rua sem saída, ninguém vai poder dizer que foi enganado, e todos ririam, quer dizer, deixariam escapar um riso contido e logo se corrigiriam, advertindo o chefe de família, que horrível isso, a esposa diria, para pai, que ideia absurda uma pessoa entrar num lugar com a certeza de que nunca mais vai sair, mas pelo menos a casa era ampla, com dezesseis quartos distribuídos em um casarão recém-reformado de dois andares, os acamados ficavam no andar de cima, o que fazia até um certo sentido pela falta de elevador, mas a gente sabia que dali só sairiam dentro de uma ambulância ou de um carro funerário, por isso talvez fosse melhor deixá-los na porta ou na calçada, mas aí já seria maldade, logo que comecei a trabalhar lá me disseram que com o tempo iria me acostumar, foi a Joana quem me recebeu com um livreto cheio de regras e um sorriso esperançoso dizendo que no começo tudo pareceria estranho, mas depois, quando?, pensava, tudo se acomodaria, até o cheiro?, um dia ele vai parar de entrar pelo meu nariz sem embrulhar o estômago e decretar minha falência pessoal?, mas não perguntei isso, o cheiro também não deixou de me incomodar, tirava craca dos olhos, da bunda, do pinto, da vagina e do cabelo de pessoas que não me diziam bom dia, muito menos obrigado, o que também não faria a menor diferença, pois gentilezas não amenizariam o fedor, no começo era mais grave, não conseguia nem almoçar, ficava no refeitório com os outros funcionários pra não ser chamada a trocar fraldas no horário de almoço, embora o cheiro no refeitório também não fosse bom, passava meus intervalos entre o barulho dos talheres, o arroz empapado e a carne que parecia de gente, mas eles juravam que era de boi, nos primeiros dias ficava num cantinho, atrás de uma pilastra pra evitar ter de bater papo com pessoas que tinham acabado de dividir uma nádega ressecada comigo, mas durou muito pouco até a Joana gritar alguma coisa como olha ela lá, tá lendo de novo a danada, o que é que ela tanto lê, hein?, conta pra gente, eu ria porque sempre rio quando estou tendo pensamentos agressivos, dizia que era só uma coisa besta, deixa pra lá, foi assim que tive de começar a interagir com meus colegas, embora minha vontade fosse esvaziar a embalagem de Hipoglós no purê de batatas, mas fui descobrindo que era melhor falar do que ouvir as histórias da Joana, que ela devia inventar durante o trajeto de quase duas horas que fazia, despencando do extremo da zona leste até o trabalho, as mentirinhas, quem não conta umas mentirinhas?, ela dizia em tom de brincadeira pros pacientes, mas nessa época eu não imaginava que ela não fosse de confiança, não fosse uma pessoa capaz de guardar segredos e intimidades.

Estava na escola, no meio da aula, quando senti que tinha feito xixi na calça, um xixi pesado, que não senti escorrer, mas despencar, abri as pernas bem discretamente pra ver se o mijo tijolo tinha molhado a cadeira, mas não consegui ver nada, embora sentisse que estava úmida, continuei na carteira depois que o sinal tocou, esperando uns meninos estranhos que sentavam atrás de mim saírem, mas eles passavam o recreio na sala jogando com cartas medievais, como não se mexeram, inventei que a diretora tinha dito que ninguém podia ficar ali por causa do treinamento de bombeiros, e você?, eles perguntaram, vou ajudar a professora, podem ir, disse torcendo pra ninguém pedir mais explicações, logo que eles saíram consegui ver que era sangue e saí limpando com o agasalho, que por sorte era escuro, e depois amarrei ele na cintura e corri pro banheiro, com medo que aquilo virasse uma cascata, cheguei a desejar que alguém sacasse um revólver e saísse atirando em todo mundo no pátio pra sair de lá numa ambulância que justificasse as manchas vermelhas, que ideia!, que provavelmente deveriam ser minúsculas, mas naquele dia, aos onze anos, achava que poderia provocar uma hemorragia, fui puxando o rolo várias vezes, dando voltas com ele em torno da mão pra ficar com algum volume, depois meti tudo no meio das pernas e saí andando devagar pra tentar incorporar aquele bolo de papel, mas a sensação era de que tinha um pinto enorme, inchado e cheio de assaduras, mas sem a alegria que o Ivan sentia quando brincava comigo no quintal, as horas se arrastavam até que consegui deixar a escola, caminhando, já que não conhecia mais aquilo que morava entre as minhas pernas, nem como aquele órgão traiçoeiro poderia reagir, ainda mais no banco de tecido da perua, ao lado de uma menina que sempre tirava sarro de todo mundo, imagina o que não faria com alguém que faz xixi tijolo?, andei muitos quarteirões com as pernas entreabertas até cruzar o portão da casa da minha tia, que nunca consegui chamar de minha casa, e dar de cara com ela dizendo na frente de duas amigas, por que você tá andando assim, menina? e rindo me mandou ir tomar banho, sem perguntar como tinha sido a escola, o que ela sempre esquecia de fazer, passei o resto do dia domesticando um volume desproporcional de papel higiênico na calcinha porque não tinha absorvente, nem coragem de pedir pra minha tia, que poderia anunciar no meio do jantar a menina ficou mocinha, foi exatamente o que ela fez dias depois, quando tive que conversar com ela porque não aguentava mais aquela coceira, e agora pensava que além de ter pernas horríveis também tinha uma periquita-carimbo, que deixava marcas por todos os lugares, coisa que nem combinava comigo, que sempre fui uma folha em branco.

As paredes da casa de repouso não tinham cor, era isso que costumava dizer pra em seguida ser corrigida por uma Joana que vibrava amor, falava que era o oposto disso, as paredes têm a mais bonita das cores, são brancas porque emanam claridade, toda vez que ela dizia isso eu olhava em volta pra me certificar de que estávamos falando do mesmo lugar, vendo as mesmas paredes, as minhas de um branco doentio e encardido, aleijado, insensível, as dela constituídas do que chamava de pura luz, a junção do arco-íris, ficava imaginando outras coisas que poderiam passar pela cabeça da Joana trabalhando num lugar como aquele, no lugar em que ela trabalhava, que só podia ser diferente do meu, talvez com pôneis alados e coloridos sobrevoando a recepção e atravessando o salão, derramando bênçãos sobre as calças sujas, os pés inchados dos pacientes, cantando músicas alegres, dando apelidos no diminutivo pros acamados, agradecendo os funcionários, prometendo dias melhores, enquanto eles retribuíam dançando em roda, com a Joana no meio dando o tom dos passos, isso era uma coisa que passava na minha cabeça vez ou outra quando ela soltava disparates como esse, quem imaginaria pôneis em uma casa de repouso?, ainda mais tendo em vista todo o cuidado sanitário exigido, uma logística complexa, com trocas diárias e sucessivas de lençóis, fraldas, pijamas e velhos, um revezamento de velhos, isso sem dúvida, a Cinthia, que naquela época eu chamava de Cinthia com têagá, era a gerente e responsável por ouvir as maiores malcriações dos familiares, que achavam que destinar parte do orçamento pra manterem seus parentes higienizados era a garantia de consciência leve e noites de sono tranquilas, ela reclamava da falta de paciência deles, dizia que estavam sempre irritados, com pressa, por isso, passava o dia atendendo ligações e ouvindo coisas como papai está com a barba por fazer desde quando?, ele sempre foi tão vaidoso, é um absurdo terem esquecido de pingar o remédio do ouvido, mas não esquecemos, a Cinthia tentava dizer, mas eles ignoravam e falavam você precisa entender que o medicamento ajuda na eliminação de cera, papai sempre produziu muita cera, você viu que mandei três camisetas novas pra ele?, não quero mais vê-lo com aquela blusa cheia de bolinhas, ela ficava na linha sozinha, com o telefone na mão, nem tchau eles costumavam dizer, porque estavam sempre muito ocupados, mas prontos pra despejar todas as reclamações possíveis, mesmo sem tempo de visitá-los, de passarem na casa pra ver os parentes, pra abraçar o papai que produz muita cera, a Cinthia não fazia isso com todo mundo, pelo menos acho que não, mas sempre que eu estava por perto colocava as ligações no viva-voz, ficava revirando os olhos, mexendo os lábios tentando imitar aquela gente chata, acho que fazia isso pra tentar arrancar alguns risos de mim, que depois acabaram virando conversinhas de corredor, comentários sobre novelas, filmes ruins, você viu o que tá passando no cinema?, ela falava, acho que no fundo só queria uma companhia porque era muito sozinha, eu também suspeitava que quisesse passar aquela boca seca na minha vagina, até hoje tenho vontade de vomitar só de pensar nisso, e pra não dar a entender nada errado, pra que ela não cogitasse que era recíproco, não dava risada das caretas que ela fazia ao telefone, embora me esforçasse pra esticar os lábios mimetizando um sorriso que garantisse minha permanência naquele serviço, talvez mais alguns pequenos privilégios que aprendia a conquistar pouco a pouco, enquanto ela pensava que iria me chupar, ia sugando tudo que podia dela, porque mesmo que eu gostasse de mulher, mesmo que me sentisse atraída por bicos, peitos, vaginas, essas coisas deploráveis, o que também nunca aconteceria, não seria por ela que me interessaria, às vezes finjo que gosto, até hoje finjo que gosto, sobretudo quando estou sozinha com ela, e na época esses encontros aconteciam no pequeno jardim central da casa, que abraçava todos os quartos e permitia que os pacientes ficassem na varanda babando ao som de pássaros, tomando sol pra não mofarem ou sucumbirem a décadas de escolhas mal feitas, talvez por isso fosse um dos meus locais favoritos, gostava de pensar que mesmo com atestados de total falência cognitiva aquelas pessoas ainda tinham a chance de se arrepender, dizia isso pra Cinthia sempre que me abordava por trás dizendo um irritante búuu, te assustei?, fazendo chegar até mim um ar quente e úmido que saía da sua boca, e antes que pudesse responder você me assusta desde o primeiro dia, pensava em tudo que ainda tinha pra fazer por ali, respirava fundo e dizia é bonito aqui, né?

No fundo da casa em que eu morava com papai e mamãe tinha um jardim bem pequeno, é isso que percebo quando vejo as poucas fotos que tenho de lá, mas na época achava que era uma floresta perigosa, cheia de animais, apesar de eu ter apenas uma joaninha e duas formigas, corria pra vê-las assim que voltava da escola, sempre trazendo migalhas do lanche que elas adoravam, mesmo nunca tendo visto nem as formigas nem a joaninha mastigando nada, o que hoje faz todo sentido, mas naquele tempo achava que eles perdiam a fome de tanta tristeza pelas horas que eu passava fora de casa, que ideia!, por isso corria pra cozinha procurando coisas doces e gostosas, quando voltava os farelos não estavam mais lá, pensava que tinham comido tudo, ignorando o fato de que o gato da vizinha engolia qualquer coisa que estivesse ao seu alcance, minhas formigas eram as mais esforçadas de todas, e sabia disso porque estavam sempre equilibrando folhas ou pequenos pedacinhos de madeira que eram maiores do que elas e serviam pra construção da enorme fortaleza que criavam a alguns palmos da terra, no começo a joaninha não se dava bem com as formigas, o que me obrigava a ficar de um lado pro outro do jardim tentando dar a mesma atenção pra todas, um dia cheguei em casa e vi que estavam juntos numa espécie de conversa na língua que apenas os bichos entendem, resolvi sair na ponta dos pés pra que não me vissem e não se constrangessem, só fui entregar os farelos da minha merenda no meio da tarde, aí que eles não comeram mesmo, acho que pensaram que eu tinha ido embora pra sempre ou finalmente perceberam que era o resto que dava pra eles, o que sobrava, e não demorou pra isso acontecer, pra eu ir embora, por mais que tentasse explicar pro meu pai que não podia sair de lá sem meus bichos, que não podia deixar aquela casa, aquele jardim, ele estava hipnotizado pela mulher das pernas hidratadas, um dia chegou dizendo que estávamos de mudança, nem me ouviu chorar no banco de trás do carro, nem naquele nem nos outros dias até o ano acabar e eu entender que nunca mais veria meus animais nem minha floresta.

Às vezes, aquele bicho traiçoeiro passava dias sem dizer uma palavra, dona Yolanda emudecia, chegava a pensar finalmente essa velha parou de falar, engoliu a língua de trapo, mas logo acabava cuspindo alguma coisa, ordenando que fizéssemos algo, ela nunca se dirigia a mim ou a Madá pra agradecer ou pedir por favor por um copo de água, ela apenas determinava o que queria, a Madalena dizia que era porque ela não ouvia direito, por causa da idade, não ouve o que a gente diz, então um dia resolvi fazer um teste com a velha, quer ver, Madá, como a dona Yoyô escuta tudo que falamos?, e disse usando o mesmo tom de sempre, nem mais alto nem mais baixo, este é o pior emprego do mundo, a velha me respondeu na hora, se não gosta de trabalhar aqui, pede as contas, sua ingrata, a Madalena só faltou se enfiar embaixo da pia da cozinha, foi cobrindo a boca, o rosto, remexendo os pés como se estivesse pisando em brasas, dizendo você ficou louca, só pode, louca, não me importava que ela ouvisse coisas como essas, sabia que a dona Cláudia não acreditava em uma palavra que ela dizia, sempre que a velha reclamava de nós ela respondia tenha paciência, dona Yolanda, a senhora sabe que não é fácil encontrar pessoas de confiança pra fazerem esse serviço, pelo menos elas não roubam, e mesmo sabendo que podíamos estar escutando tudo, dona Cláudia continuava repetindo esse tipo de coisa, cheguei a ficar feliz quando a velha deixou de falar ou fingiu que deixou de falar, mas o importante é que sei que continuou me ouvindo, que bom que continuei falando muitas coisas no ouvido dela.

Mamãe não falava dessas coisas comigo, mas acho que ela tinha um trabalho muito importante, pelo menos era isso que pensava quando a via sair sempre arrumada, de saia ou vestido comprido, uns sapatos de salto alto muito lustrosos, que experimentava escondida quando ela não estava em casa, mesmo nunca tendo conseguido parar em cima deles, depois lembro que ela começou a não passar mais maquiagem, foi ficando com uns olhos caídos, sempre muito inchados, imaginava que ela devia ter alguma doença séria na vista porque também não percebia quando eu falsificava a assinatura dela nos boletins da escola do meu irmão nem conseguia enxergar minhas notas, sempre as melhores da sala, porque nunca me dizia parabéns, comecei a achar que o problema da vista dela era por causa daqueles sapatos que usava, que talvez estivessem derrubando ela no chão, como faziam comigo, e decidi esconder todos num saco preto, colocá-los numa lixeira que ficava na porta de casa, mas quando fui pegar de volta não achei, fiquei pensando que o gato da vizinha, além de comida, gostava muito de sapatos lustrosos, não me segurei e fui logo contar pra ela, a gente precisava falar com aquela mulher que tinha o bicho mais sem educação do mundo, tomei tantos tapas pelo corpo que nem as quedas de salto tinham me deixado tão dolorida, e sempre que minha mãe me batia desejava que as mãos dela também ficassem cansadas, como as da moça que passeava de carro com meu pai, mas isso nunca acontecia.

A parte do trabalho que mais gostava na casa de repouso eram os pequenos passeios com os velhos uma vez por semana, nem todos podiam se dar ao atrevimento de sair pela porta da frente sem estar estirado numa maca ou num caixão, mas alguns poucos conservavam alguma condição e cognição pra umas horas de lazer longe daquele lugar fedido e moribundo, e eu era sempre a primeira a me oferecer pras saídas, que estranhamente eram pouquíssimo concorridas, tanto entre os funcionários como entre os velhos, depois de um tempo não precisei mais me voluntariar, me tornei uma espécie de referência pra essa atividade que eles chamavam de Memória Afetiva, ou alguma coisa assim, toda vez que lia isso no mural me perguntava se a Cinthia com têagá era mesmo idiota ou só estava testando a idiotice dos outros, até hoje não sei, a idiotice, infelizmente, não desponta como uma espinha ou uma herpes na ponta do nariz ou no canto da boca, deflagrando que estamos diante da miséria humana, de um ser capaz de cometer bizarrices, e advertidos, teríamos a chance de evitá-las, sem esse alerta, desprovida dos anticorpos necessários, não saberia dizer se a Cinthia se enquadrava nesta categoria, e isso não fazia a menor diferença pros passeios, pras saídas com os velhos, numa van cheia de gente mais pra lá do que pra cá, o que tornava aquele o lugar mais seguro no mundo, com pessoas muito mortas por fora e por dentro, com alguns bancos vazios, e acho que isso não tinha nada a ver com a falta de entusiasmo ou a saúde dos velhos, mas de um espaço que a morte requisitava, e por isso também acabava sendo transportada na van, ao lado da gente, os vidros fechados, o ar quente e úmido agarrando minha pele, meu cabelo, eu tentava não abrir a boca durante o caminho, porque imaginava aquele bafo tocando meus dentes, envelhecendo minha saliva, meu hálito, por isso sempre chegava nos lugares com falta de ar, mesmo cercada de galões de oxigênio, correndo pro lado de fora pra respirar, mas o mais difícil desses passeios era o momento de descarregar os velhos sem quebrar nem um fêmur, e depois que todo mundo estava no chão, não estirados, claro, mas fora da van, era só empurrar a cadeira, voltar a encher os pulmões, no silêncio, porque costumava ficar com os pacientes que já tinham perdido a fala e, de preferência, a lucidez, era uma forma que encontrávamos, eu e eles, de passarmos algumas horas longe daquelas paredes apertadas sem nos aborrecer mutuamente, saía na frente, quase correndo com minha cadeira pra não ter de acompanhar alguns colegas que teimavam em falar com os velhos feito crianças, mostrando passarinhos e bichinhos, tudo assim no diminutivo, como se a falta de colágeno fosse um atestado de demência generalizada.

A Madalena achava que eu deveria incorporar as brincadeiras que ela fazia com o Leonardo na rotina da velha Yoyô pra distraí-la, pra ajudar a passar o tempo, quem sabe a dona Yolanda não gosta?, ela sugeria, o que demonstra o quanto a Madá sabia pouco a meu respeito, de tudo que eu ainda tinha de fazer naquela casa, e não estou falando de trocar as ceroulas imundas que a velha enchia todos os dias, mas como nunca gostei de discutir com a Madalena, eu acabava pegando um chocalho ou qualquer outro brinquedo barulhento do menino, dizendo que ia estimular alguns sentidos, que tentaria interagir com a Yoyô, quem sabe desperto até algum sentimento?, dizia rindo e pensando que ódio poderia ser o mais apropriado, ver a velha irritada sem poder se mexer enquanto balanço objetos ruidosos em suas orelhas, tudo isso com certa discrição, com cuidado suficiente pra evitar que algum membro da família me flagrasse durante esse ritual, ainda mais depois de ter conseguido conquistar a confiança deles, principalmente a da dona Cláudia e a do marido, que ficavam me observando da mesa de café da tarde pra tentar capturar algum comportamento inadequado, e eu entendo, porque mesmo sabendo que eles não cultivavam grande carisma pela velha, não tolerariam uma cuspidinha intencional, ao menos que não vissem, aí não poderiam fazer nada, um espirro alérgico, sem tempo de levar a mão à boca, gotículas de saliva com um pouco de catarro espalhados pela cara dela, um descuido apenas, devo ter feito tudo direitinho porque depois de três ou quatro dias da minha chegada passaram a deixá-la sozinha comigo, e quando isso aconteceu comecei a cumprir mecanicamente todas minhas tarefas, me limitando a algumas lições de pé de ouvido que repassava à velha assim que ela perdeu completamente a fala, quer dizer, assim que fingiu ter perdido a fala, mas mesmo com os brinquedos, com as dezenas de porcarias que o Léo ganhava, a interação com ela sempre surtiu pouco efeito, com o menino também, embora a Madalena não percebesse e embarcasse em diálogos fantásticos com o bebê, que reagia pouco, essas atividades me ajudavam a entender até onde, de fato, a dona Yolanda compreendia o que estava acontecendo ao seu redor, por muito tempo seus olhos continuaram ausentes, seu corpo impassível, o que me fez acreditar que ela era só um punhado de carne meio flácida que carregava uma tampa de cabelo branco que cobria um cérebro meio morto, meio desmilinguido, meio falido, enrugado, talvez mais enrugado do que são os cérebros convencionais, o que me fez acreditar que ela estava realmente fora de si, até aquele dia.

No dia em que encontrei mamãe no banheiro, papai passou horas na cozinha com outros adultos gritando coisas sobre ela que não faziam o menor sentido, tive muita raiva da burrice dele quando falou que ela era louca, uma louca, ele gritava, sem se dar conta de que tinha caído por conta do salto alto que devia deixar suas pernas mais bonitas, já que não conseguia lembrar de passar hidratante e beber água, um esforço pra deixar meu pai feliz, talvez mais uma tentativa de trazer ele de volta, como papai estava com aquele copo na mão que sempre fazia a voz dele sair mais alta, aproveitei pra correr pro banheiro e tentar achar o sapato que tinha feito mamãe desabar, mas do lado da privada só tinha um risco no chão que imitava a forma do corpo dela, sem cabelo nem volume, como se ela tivesse sido achatada por uma bigorna daquelas que caem em cima dos personagens de desenhos animados, fiquei um bom tempo olhando pro formato das pernas, que estavam tortas e desalinhadas, concluí que aqueles homens poderiam ser bons em carregar pessoas, mas eram péssimos desenhistas, e como papai continuava falando cada vez mais alto no andar de baixo, aproveitei pra pegar folhas de papel vegetal no meu quarto e arrumar aquele desenho horrível que os homens que embalavam pessoas com papel alumínio haviam feito, queria mostrar pro papai que talvez aquela bebida que deixava a voz dele esquisita não tinha feito ele reparar que a mamãe tinha uma pinta do lado direito, bem pertinho do tornozelo, que fazia com que a perna dela fosse muito especial, muito melhor que a da moça que se intrometia nos nossos passeios de carro, então, depois de desenhar tudo, apliquei a imagem num papel-cartão, do tipo que usava pra desenhar dinossauros, pintei com giz de cera e deixei a pinta por último, pra sair bem caprichada, quando terminei já era quase de manhã, na cozinha não tinha mais ninguém, só os copos sujos em cima da mesa, pensei que talvez aquela bebida também estivesse atrapalhando a cabeça do meu pai, porque ele esqueceu de me dizer boa noite, embora estivesse dormindo no sofá, por isso fui deitar na cama com meu irmão, pra tentar ter um sono igual ao dele, que não deixava ele ouvir as coisas que eu ouvia.

Quase todo mundo no abrigo dos velhos, praticamente todos os moradores, eram diagnosticados como surdos e cegos, quer dizer, não absolutamente surdos e cegos, mas com a necessidade de usar óculos e aparelhos de surdez pra evitar que tropeçassem ainda mais, e pra que os familiares não precisassem berrar ao tentar contar alguma coisa, embora a maioria deles desligasse ou abaixasse o volume sempre que o assunto parecesse menos interessante, a gritaria sempre existia, a irritação dos velhos e dos parentes também, todo mundo tentando se tolerar no finzinho da vida, trocando amenidades enquanto uma dúzia de elefantes dançava embaixo do tapete, sempre que lembravam, ou na entrada ou na saída, filho, nora, ou o sobrinho distante que ficou com a responsabilidade de cuidar do hóspede apertava o braço de uma enfermeira ou de uma de nós pra falar da queda do cálcio, do repositor hormonal, diante de tantas faltas, por que eles se importam tanto com essas?, chegava a comentar com a Joana, que invariavelmente estava alisando a cabeça de algum deles, ela respondia é assim mesmo, eles precisam de todas essas coisas, principalmente de atenção, mas não era disso que eu estava falando, não era sobre isso, mas da perda de coisas maiores, como a individualidade, sem falar da autonomia, da capacidade de passar um papel higiênico na própria bunda sem travar a coluna, sem sujar as costas de merda por conta da tremedeira, fora o fato de que ninguém lá, nenhum velho da casa de repouso era chamado pelo próprio nome, a regra era se referir a eles a partir do número do leito, a Cinthia me dizia que tinha que ser assim pra evitar confusão entre os pacientes, teve uma vez que deram insulina pro seu Antônio, do 43, quando era o Toninho, do 12, que tinha diabetes, ela contou, foi o maior quiprocó, todo mundo acabou no hospital, depois na delegacia, mas ainda acho que esse não é um bom argumento pra trocar sílabas por números, e logo nos meus primeiros minutos ali recebi um guia enorme de regras que começava por estabelecer essa exigência, com o tempo eu e todo mundo fomos esquecendo o nome daquelas pessoas que já são meio desprovidas de fisionomia ou mesmo de características marcantes, talvez porque a pele se estreite demais, talvez pelos braços roxos, por não conseguirem medir direito os espaços por onde andam, ou ainda pela tristeza, no guia dizia ainda que não podia abraçar nem beijar os pacientes, o que praticamente não afetava minha rotina, mas rendia lamentos diários de pessoas como a Joana, que reclamava a gente não tá aqui só pra dar remédios, e saía escondida pra abraçar uns velhos, o que mais me espantava era proibirem os pacientes, mesmo os mais lúcidos, de portarem objetos cortantes, como tesoura de unha, agulha, aparelho de barbear, desde que comecei a trabalhar lá distribuí pelo menos uma dezena desses itens, sem contar pra ninguém, muito menos pra Joana, que seria a primeira a dizer temos que vigiar os velhos que podem querer se machucar ou tirar a própria vida, como se todo mundo ali já não estivesse muito sem vida e machucado.

Meu primeiro contato com a dona Cláudia foi à base de café fresco e bolo, que a Madalena tinha acabado de tirar do forno enquanto falava ela ainda tem muita lenha pra queimar, a dona Yolanda vai longe se Deus quiser, mas a patroa dela, a dona da casa só comentou que estava precisando muito de alguém de confiança que cuidasse da sogra, é uma mulher difícil, não vou mentir, mas no fundo é uma boa pessoa, contou que o marido trabalhava muito e ela também parava pouco em casa, atendia no consultório, as últimas pessoas acabaram não ficando, mas que o salário era muito bom, isso posso garantir, ela disse, tem até vale-transporte, mas que a dona Yolanda às vezes falava umas coisas ruins, porque tem muita idade, sabe?, sem me dizer se ela dizia coisas boas com menos idade, depois falou que além de tudo tinha acabado de ter um filho, que a casa estava de ponta-cabeça, mas não se preocupe, porque da faxina e do resto você não precisa cuidar, a Madalena é quem olha o Leonardo, meu filho, ele é uma criança bem tranquila, disse que só chorava quando tinha fome ou cólica, ou quando queria alguma coisa, como não sabe falar, ele chora, né?, fiquei me perguntando em que momento ele ficava sem chorar, ela seguiu contando do trabalho dela, que atendia umas mulheres que queriam emagrecer, perguntei se ela era endocrinologista, ela ficou me olhando meio assustada, não, não, sou nutricionista, por isso aqui em casa a gente costuma separar a nossa comida da de vocês, mais pra controle das calorias mesmo e pra vocês ficarem à vontade, sabe?, deixei aquela geladeira lá de fora pra colocarem as coisas que quiserem, e esses aqui, falou me empurrando uma lista grande impressa num papel A4, são os remédios da dona Yolanda, não pode faltar nenhum, pelo amor de Deus, você tem que ficar muito atenta aos horários, já sei que tem experiência com isso, você sabe ler, né?, sim, respondi, que bom, então pode começar amanhã, o resto vou te explicando com o tempo, vou falando quando lembrar, disse levantando e saindo, preciso ir pro consultório, a Madalena acompanha você até a porta, quando vi estava empregada, sem terem me perguntado se queria aquele emprego, se aceitava trabalhar ali, mas isso não fazia diferença, essa era a coisa que eu mais precisava.

Na casa da minha tia precisava dividir o quarto com meu irmão, mas isso não era impedimento nenhum pro sonambulismo do meu primo, que o conduzia até minha cama e o fazia entrar debaixo das cobertas dizendo calma, calma que vou te ensinar, só não faz barulho, tá?, pegava a minha mão, colocava por dentro da calça de pijama dele e me perguntava você tá sentindo, tá?, você sente como tá duro?, eu balançava a cabeça dizendo que sim, ele falava que a culpa era minha, você é que faz isso comigo, olha como você me deixa, ia conduzindo minha mão pra dentro da cueca até encaixar o pinto entre meus dedos, ele me mandava apertar mais, aperta mais, depois ficava mexendo minha mão pra cima e pra baixo, enquanto enfiava quase toda a língua dentro da minha orelha fazendo movimentos circulares que me davam cócegas, mas não podia fazer barulho, então tentava afastar seu rosto, ele ia descendo a cabeça, passando a língua pelo meu pescoço, lambendo tudo até chegar nos meus peitos, que eram tão pequenos, o Ivan gostava de se concentrar nos bicos, ficava chupando de um jeito que doía muito, como se fosse mastigar cada um deles, continuava mexendo minha mão pra cima e pra baixo, falando não para, não para, assim, assim, enquanto ajeitava meu pulso do jeito que preferia, às vezes enfiava a cabeça no travesseiro com muita força, até pensava que iria desmaiar, que ideia!, depois levantava o pescoço e voltava a passar a língua pelo meu rosto, do mesmo jeito que chupava a manga na hora do almoço ou do jantar, eu sentia muito enjoo disso, durante todo o tempo que ele ficava em cima de mim só respirava pelo nariz porque o cheiro dele me dava vontade de vomitar, e não queria que aquele ar na minha boca envenenasse minha língua, meu hálito, quando acabava ele ficava muito ofegante, eu também, mas sem fazer a cara de alegria que ele fazia, porque eu ainda precisava respirar, igual quando estava com os velhos na van.

No dia em que resolvi ir atrás dela, quando finalmente decidi segui-la, pelo menos uma das vans devia estar estacionada na porta da casa de repouso, porque era o que sempre acontecia, uma sempre estava parada lá, logo que o portão bateu, ela soltou um suspiro longo, do tipo que deixa claro o cansaço, deve ter tido um dia difícil, pensei, ajeitou o cabelo, conferiu se a bolsa estava mesmo pendurada no ombro, puxou a blusa um pouco pra baixo e andou pela calçada em direção à avenida, do outro lado da rua, talvez com a visão comprometida pelo carro que levava os velhos, disso não lembro bem, segui seus passos a uma distância que me permitisse antecipar seus movimentos, mas sem que me notasse, realmente não podia ser vista, não naquele momento, tive de me apressar, na verdade tive de correr quando ela acenou pro 775F-10, entrou, eu ainda a metros do ponto, com várias pessoas na minha frente, vai, pode ir, dei passagem pra duas ou três, subi me equilibrando entre os assentos com o ônibus já em movimento, passei a catraca com o pescoço espichado pra não perdê-la de vista, fiquei a uma distância segura, umas três fileiras pra trás, supondo estar fazendo certo, não pesquisei sobre práticas que me fizessem seguir as pessoas com mais destreza, nem saberia dizer agora se existe mesmo algum tipo de guia, um livro de como seguir as pessoas, o que seria muito estranho de se comprar, entrar numa loja e pedir, por favor, um livro que ensine a perseguir pessoas na rua, o atendente riria, chamaria a polícia, mas se eu tivesse feito isso, se tivesse comprado um livro sobre isso, saberia o que fazer com o homem de cabeça grande que sentou na minha frente tapando toda visão, mas deixou que eu continuasse escutando ela no celular, todos no ônibus acompanhavam suas risadas e gestos nada discretos, que chegavam a ameaçar a integridade física de uma moça sentada ao seu lado, pronta pra levar uma bordoada, mas não levou, foi um pouco mais de uma hora de trajeto até lá, e só soube que tinha chegado porque todos num raio de pelo menos dois quilômetros puderam ouvi-la dizendo vou ter que desligar, tá?, você ouviu?, tá falhando muito, já cheguei no ponto, manda beijo pro povo, eu vou, assim que tiver uma folga, vou ver todo mundo, tá, tá, um xêro, foi levantando e passando a bolsa no rosto de uma senhora que estava no banco ao lado, não sei se exatamente com essas palavras, porque seria demais, seria um exagero supor que lembro de tudo que ela falava enquanto se dirigia pra saída do ônibus, esfregando a bolsa na cara de uma moça, disso eu lembro, que não era a moça que passou todo o percurso com a aparência ameaçada, desviando dela pra não machucar o nariz, nem o cara da cabeça grande, que pena, pensei, acho que cheguei a pensar isso na hora, foi pedindo licença, descendo, eu também, logo atrás dela, nosso primeiro contato aconteceu nesse dia, de um jeito estranho, isso é inegável, uma espécie de perseguição, quer dizer, a forma que encontrei de conhecê-la, porque dizer perseguição pode dar a entender coisas erradas, um ato quase criminoso, essa foi minha primeira vez com ela, quem poderia imaginar tudo o que viria depois?

Dona Yolanda estava sentada de costas pra porta, num sofá de frente pra televisão, não ouviu quando entrei dizendo com licença, bom dia, posso entrar?, nem quando cheguei mais perto perguntando, então é você a dona Yolanda?, nem quando sentei ao seu lado e me obriguei a pegar sua mão, mesmo evitando qualquer contato visual ei, a senhora está me ouvindo?, hoje é o meu primeiro dia, vim pra fazermos coisas juntas, ela seguiu imperturbável, seu único movimento foi afastar minha mão de perto da dela sem nem mexer o pescoço, logo fui surpreendida com a chegada da Madalena e da criança a tiracolo, nem adianta, ela é assim mesmo, mas vai se acostumar com você, vem comigo que vou te mostrar onde você vai dormir e trocar de roupa, acabei de passar um cafezinho, você toma, né?, café?, então, deixa ela um pouquinho aí no sofá que a gente já volta, viu dona Yolanda?, não sai daí, não, e riu, mas nem tem como ela sair, a Madalena riu de novo, fomos andando pelos corredores, era uma casa grande o suficiente pra abrigar funcionários, uma sogra, uma criança e dois adultos que se revezavam embaixo do mesmo teto, tinha também uma área externa, com churrasqueira e forno de pizza, mas no tempo em que fiquei lá nunca vi nenhum dos dois serem usados, o marido da dona Cláudia mal parava em casa, as poucas vezes que o vi chegando perto do filho, o Leonardo berrava ainda mais, e ele saía de fininho dizendo o papai já volta, fica bonzinho, obedece a Madalena, ela respondia dá tchau pro papai dá, Leozinho, diz pra ele bom dia, papai, bom trabalho, e seguia falando numa voz infantil que me causava uma repulsa enorme, enquanto o pai do Leonardo já estava a quilômetros de distância ouvindo qualquer coisa no rádio do carro, que ligava no volume máximo antes mesmo de sair da garagem, e por causa dessa confusão, do entra e sai de gente, o melhor horário para estar lá era na parte da tarde, quando a velha e a criança dormiam, eu e a Madá tínhamos tempo pra fazer o que quiséssemos, quer dizer, mais eu do que ela, que usava aqueles momentos pra arrumar as coisas do Leonardo, mesmo que aquela fosse uma tarefa da empregada da casa, eu aproveitava pra ler ou fuçar nos armários da dona Yolanda, passava um tempo remexendo a vida dela, mas quase sempre sem conseguir achar nada, eram muitos maleiros, isso sem falar dos baús, e tinha fases em que a velha Yoyô dormia pouco, fazia isso pra ter mais tempo de fazer malcriações pra mim e pra Madalena, que passava o dia contemporizando tudo de ruim que a velha fazia, nesses momentos, eu procurava me acalmar jogando de quatro a seis saquinhos de Ajinomoto na sopa dela, que elevavam o sódio do seu corpo em vários percentuais, mas que principalmente despertavam aftas que nem os mais habilidosos chupadores de pinto deste planeta já experimentaram.

Assim que desceu do ônibus, ela ficou parada como se estivesse escolhendo pra que lado ir, eu atrás impaciente, vamos, esquerda ou direita?, finalmente saiu pisando duro, contornando uma pracinha cheia de crianças e ambulantes, sabia que tinha chegado no seu bairro porque distribuía comprimentos, primeiro pra uma senhora que organizava frutas numa barraca instalada no meio da calçada, depois alisou de leve um cachorro, que abanou o rabo pra ela e chegou a acompanhá-la por um trecho, mas desistiu atraído por alguma coisa que encontrou no chão, não parou em barraca nenhuma, apesar da quantidade de conhecidos, coisa que só percebi porque as pessoas tentavam atrair sua atenção com gestos ou gritos que garantissem um aceno, tive certeza de que tinha feito a escolha certa, diante de tanta gente que trabalhava naquele lugar, tinha encontrado a pessoa perfeita pra me ajudar a entrar naquela casa, a integrar o time de combatentes de assaduras, uma mulher querida, que tinha a confiança dos vizinhos, que acreditava em deus acima de tudo e arremessava nomes bíblicos durante as conversas, ou nomes que pareciam bíblicos, mas poderiam não ser, ela certamente se solidarizaria com a minha história, com a história que estava imaginando contar pra ela pra que pudesse me ajudar a conseguir aquele emprego, por isso não podia perdê-la de vista, e não fosse a perua, a maldita perua com um moço pendurado na porta gritando bairros da cidade que nunca tinha ouvido falar, que mesmo parado no lugar errado colocou mais de dez pessoas naquele carro fechando a passagem dos pedestres, menos a dela, que conseguiu atravessar antes da perua, do moço pendurado na porta aparecer, não fosse isso eu não teria ficado ali parada sem saber pra onde ela tinha ido.

Ensaiei diversas vezes conversar com minha tia sobre o que acontecia no meu quarto enquanto todos dormiam, mas tinha medo, além de muita inveja do sono daquelas pessoas, tão diferentes de mim, que nunca viam, ouviam nada, ou que talvez soubessem de tudo, mas estavam perdidas, também sem saberem pra que lado ir, estancadas numa esquina procurando a direção, talvez eles também perdessem o sono tentando entender como conseguiriam me ajudar, minha tia andando de um lado pro outro no quarto falando sem parar pro meu tio prostrado de vergonha na cama, com metade do corpo coberto, mas querendo se esconder por inteiro, tentando acalmar a esposa, não vamos permitir isso, não na nossa casa, mas no fundo sabia que nada disso aconteceria, meu primo mais velho era o filho preferido, não havia nada aos olhos dos meus tios que pesasse sobre sua conduta, imagina, logo eu, a menina sem mãe e abandonada por um pai fissurado em pernas revelar que o menino me obrigava a fazer movimentos repetitivos com o pinto dele quase todas as noites, com o tempo me fazia ficar com a boca lá até ele esvaziar tudo, espera, deixa eu terminar de esvaziar, mais um pouco, isso, ele dizia pra depois cobrir a cabeça toda com o travesseiro, soltava um gemido longo, meio agudo, que me dava pavor e um pouco de asco, torcia pra um dia o travesseiro cair, meu irmão acordar e me ver com a cabeça colada no pau dele, a boca cheia de sêmen, mas isso nunca aconteceu, mesmo quando ele começou a usar outros corpos, Ivan continuou me procurando, mas era um pouco mais violento, começou a querer colocar o pinto em outros lugares, mas eu sentia muita dor e não conseguia, então ele me obrigava a beber tudo que ele esvaziava, o gemido era ainda mais longo e mais agudo, meu asco muito, muito maior, hoje quando olho pras minhas pernas e acho elas bonitas mesmo não tendo tomado tanta água penso que deve ter sido a porra, a porra do meu primo que deixou minhas pernas e as da Madá tão bonitas, a Madá tomando porra, ainda mais do Ivan, que ideia!, se minha mãe soubesse disso, se a porra tivesse mesmo esse efeito, tudo poderia ter sido diferente, tão mais fácil beber a porra do meu pai do que aqueles comprimidos, depois ele começou a me pedir pra colocar o dedo no cu dele, ficar mexendo até ele gozar, claro que naquela época do cu, digo, de ficar enfiando o dedo no cu do meu primo, já sabia o que estava acontecendo, tinha mais raiva do meu irmão e do sono dele do que do Ivan, mas pensava que falar com meus tios poderia me arrumar mais problemas, ter que deixar aquela casa de uma hora pra outra, era isso que minha tia faria, me expulsaria de lá, supondo que estaria mentindo ou seduzindo seu filho, com meu pai sabia que não moraria de jeito nenhum, por isso achei que por um tempo o melhor seria fazer tudo o mais rápido possível, sorrindo, porque meu primo gostava de me olhar e imaginar que estava gostando, se ele percebesse que não estava bom poderia demorar mais, não por preocupação comigo, que ideia!, mas por achar um contrassenso alguém não se satisfazer com ele, não gostar de estar ali, enfiando o dedo no cu dele, por isso disfarçava, e foi disfarçando que aprendi a sorrir pensando coisas terríveis.

Era impossível encontrá-la, o homem da perua atravancando a rua, sorrindo pra mim, pendurado na porta, me convidando pra entrar, dá pra sentar, ele disse, você vai comigo na frente, parecia que mais gente surgia, que brotavam pessoas, aturdindo ainda mais minha visão, se misturando a ela, que atravessou, que conseguiu escapar do homem da perua, a perdi, repetia, cadê ela?, ele me chamando, vem, pode vir, eu devolvendo o sorriso, pensando que não seria ruim se o motorista, sem saber que o moço continuava ali pendurado, chamando novos passageiros, resolvesse acelerar, partir com a perua, já velha, sem tanto controle, e o moço se desequilibrasse, soltasse a mão da porta e rolasse pra rua, um azar, uma displicência, tudo muito rápido, e mesmo que não estivesse com o celular no ouvido, respondendo às queixas de um dos filhos, ainda que estivesse atento, seria difícil que o motorista da outra perua que vinha na sequência conseguisse desviar, jogar o carro pro lado, não passar em cima da cabeça do homem da primeira perua, que viraria uma geleia no asfalto quente, que falta de sorte, eu atravessaria a rua, sem poder ajudar por conta da pressa, conseguiria localizá-la novamente, mas pra sorte do moço da perua nada disso aconteceu e só consegui repetir o trajeto, retomar minha busca, quase uma semana depois, não que estivesse ocupada, ao contrário, passei dias em frente ao portão esperando ela sair do trabalho, correr pro ponto de ônibus ou ir caminhando, o que seria melhor ainda, mas ela não apareceu, por dias não apareceu, quando já estava desistindo, ela saiu, na mesma hora daquela vez, cumprindo uma espécie de ritual com movimentos e frases muito semelhantes, até o semblante de cansaço era parecido, talvez um pouco mais abatida, uma gripe mal curada?, andava em direção ao ponto com um chumaço de papel que tirava o tempo todo do bolso pra assoar o nariz, quando desceu, já no bairro, na mesma rua da outra vez, repetiu liturgicamente os trejeitos, as conversas, os acenos pra conhecidos do outro lado da rua, arremessando perguntas sobre a escara de um vizinho, a coluna travada do outro, a enxaqueca da filha da costureira ou o problema do dono da venda com a Prefeitura, as longas caminhadas me permitiram aprender que escara tem que ser tratada no começo, depois a ferida cresce e aí tem de correr pro hospital, dá um trabalhão pra fechar, nem adianta, não dá pra abrir mão do açúcar refinado, tem que ser refinado, precisa trocar o curativo todos os dias, se não tiver bolsa térmica, pega uma meia e enche de arroz, arroz normal que é mais barato, não vai colocar arroz integral na meia, só precisa ter micro-ondas, isso precisa, coloca lá uns minutinhos, deixa bem em cima da lombar, ia ouvindo e pensando será que este é o bairro com o maior número de pessoas doentes da cidade?, um risco estar ali, talvez fosse melhor ter encontrado alguém menos popular pra seguir, uma pessoa que voltasse pra casa depois do trabalho sem precisar conversar com todos os vizinhos, passar a mão em todos os cachorros, acariciar o cabelo de todas as crianças, mesmo depois de um dia inteiro de trabalho, de uma estafa física e mental, de tanta pomada distribuída, de tanto hidratante desperdiçado em peles já sem salvação, frágeis como os fins, sem se considerarem suficientemente capazes de suportar o tecido adiposo, como uma barragem hesitante, prestes a romper com o resto que sobrava.

Isso ela tinha de sobra, se todo resto lhe faltava, e ainda falta, se a lista das faltas é enorme, como um pergaminho que não cansa de dar voltas em torno de si, desta ela não sofre, porque tolice e ingenuidade a Madalena tem de sobra, pra distribuir, talvez naquela época, antes de saber de tudo, fosse ainda mais crédula, se considerava uma empregada em tempo integral, era difícil fazer a Madá deixar de lado as fraldas sujas do Leonardo mesmo quando ele estava dormindo, mas numa tarde consegui com que ela largasse a meia dúzia de bichos de pelúcia que carregava nos braços pra sentar um pouco comigo perto do forno de pizza, na parte de fora da casa, mesmo dizendo não entendo, por que a gente vai fazer uma coisa dessas com tanto serviço lá em cima?, gostava de ver seu nervosismo diante de situações que ela considerava terrivelmente arriscadas, como arrastar uma cadeira de escritório pro quintal sem pedir autorização pros donos da casa, vê-la sacudindo os braços, me dizendo baixinho como se alguém pudesse nos ouvir mesmo estando sozinhas em casa essa cadeira era do seu Rui, você não tá pensando em sentar nela, não, né?, esse couro nem daqui do Brasil é, falava meio gaguejando enquanto eu ajeitava o assento na altura em que queria pra em seguida rodar sobre ele com as pernas esticadas e ir vendo a cada trezentos e sessenta graus uma Madalena cada vez mais agitada, que já tirava um pouco os pés do chão, soltava gritinhos estridentes tentando sem sucesso me segurar pelos braços, enquanto dava rodopios impulsionando a cadeira com força contra o forno que nunca tinha visto uma pizza, foi nessa hora que a campainha tocou, arrancando o pouco da cor que sobrava no rosto dela.

Meu pai gostava de dizer que ele tinha cara de menino, achava aquilo muito estranho, um pai com a cara dos meus amigos de escola, sendo que nem espinhas ele tinha, sem falar da barba, imagina um menino com aqueles pelos no rosto?, minha mãe também devia achar aquilo sem sentido, porque sempre que ele dizia isso ela baixava a cabeça e saía de perto, pensava que ela fazia isso porque também gostaria de ser menino, que era muito mais legal do que ser menina, ela poderia deixar de pentear o cabelo e começar a coçar entre as pernas sempre que tivesse vontade sem ter que ir até o banheiro, como meu pai e meu irmão faziam, mas que ela não me deixava fazer e ainda me castigava com um tapa que só não era pior do que a trança bem comprida que me deixava igualzinha a Akemi, uma menina japonesa que estudava na minha escola e tinha cheiro de morango, o que pra mim era horrível porque detesto morango, também não entendia porque meu irmão podia passar a tarde brincando descalço e sem banho, enquanto eu tinha que ficar penteando bonecas e cozinhando pra elas, era assim que minha mãe dizia, tá na hora de fazer o almoço delas, mesmo sem saber se sentiam fome, mas o mais chato era não poder brincar no quintal, porque lá era o reduto dos meninos, das bolas, das coisas engraçadas, enquanto minha mãe cozinhava, eu fingia me divertir fazendo qualquer coisa de menina, era assim que meu pai falava, vai fazer alguma coisa de menina, oras, então ia me arrastando até debaixo da mesa da cozinha e ficava ali sentada vendo ele jogar a bola pro meu irmão, que devolvia com uma cabeçada quase sempre torta e muito fraca, mas que meu pai dizia que era de campeão, gritando, isso aí, meu campeão!, e eu achava aquilo muito mais divertido do que ficar alisando uma cabeça de plástico que nem se mexia, que ideia!, esses eram os dias em que a minha mãe ficava mais feliz, via que de vez em quando ela colocava o pescoço pra fora da porta só pra ter certeza de que eles estavam ali, meu pai e meu irmão, e sorria enxugando a mão num pano de prato ou batendo alguma coisa numa vasilha, achava que ela também devia estar com vontade de brincar lá fora sem banho, sem sapato, ficava esperando ela me chamar e dizer vamos eu e você agora?, mas ela nunca fez isso.

A caminhada de quinze minutos do ponto de ônibus até a casa dela se prolongava por bem mais tempo por conta das conversas todas do caminho, em alguns momentos ela se esquecia pra onde estava indo, o que estava fazendo, de tantos conselhos, tantas histórias, seguia distribuindo palavras sem interromper os passos rápidos, que só foram freados na frente do hortifruti, quando uma manga Palmer atravessou seu caminho e de tão bonita, como tá bonita, ela dizia chacoalhando a fruta bem perto do rosto de uma vendedora que usava um avental azul todo sujo de restos de verdura, me vê quatro, e aproveitou pra pegar um maço de agrião, é muito melhor do que xarope que eles vendem na farmácia, comentou apalpando os abacates que estavam muito maduros, esse não dá pra levar, falou emendando que a gripe do Milton não passava, mas também do jeito que é teimoso, uma tosse de cachorro, chá toda noite, mas não larga aquela porcaria, é uma chaminé, dia e noite soltando fumaça, pegou logo dois maços de agrião, encostou na parede enquanto tentava achar a bolsinha de moedas, mesmo a vendedora dizendo pra ela acertar depois, mas fez questão de pagar enquanto eu tentava me camuflar atrás de umas bananas nanicas mais ao fundo da venda, hoje não, não vou levar nada, disse apertando o passo atrás de uma silhueta que já voltava a imprimir um ritmo apressado na calçada, quando saí do hortifruti tropecei numa criança que estava sentada no degrau da frente, claramente impaciente pela espera, que chegou a fazer cara de choro quando sentiu meu pé cutucar suas costelas, mas estancou a tristeza assim que ouviu os gritos da mãe vindos lá de dentro dizendo eu te avisei, moleque, não disse que não era pra você sentar aí?, minha vontade de chutar um pouco mais as costinhas dele passou, tá tudo bem, falava pra ela, que insistia em me pedir desculpas, tá tudo bem, embora minha sandália tivesse pousado a alguns metros dali, entre o meio-fio e uma bicicleta que amolava facas, num pé só consegui chegar até ela enquanto agradecia o moço que pressionava lâminas contra uma roda de metal girando com certa velocidade pro deleite das donas de casa que esperavam perfiladas pela graça do amolador alcançado, só precisava recuperar meu equilíbrio e encontrar a silhueta que deixou a venda apressada com duas sacolas, uma bolsa e tantos conselhos, mas só consegui ver o caminhão do gás se aproximando com aquela música alta e tapando toda a minha visão de novo.

Quando chegava mais cedo do trabalho, minha mãe tirava os sapatos do lado de fora da nossa casa pra não fazer barulho e tentar surpreender a gente brincando no quintal, ela vinha por trás e tapava meus olhos dizendo bem perto do meu ouvido adivinha quem chegou? eu tomava um susto e caía no chão bem ao lado dela enquanto seus dedos iam desbravando dobras da minha barriga que só ela conhecia, arrancando gargalhadas que quase sempre me faziam molhar o chão de xixi, e com o tempo, comecei a fingir que me assustava mesmo tendo ouvido o barulho do carro, do portão, e corria pra avisar meu irmão a mamãe tá vindo, vem logo, antes de a chave girar na porta de entrada, só pra ela continuar dizendo adivinha quem chegou?, me apertar contra seu corpo, enchendo meu nariz de um perfume muito doce que eu adorava, até o dia em que senti aquele cheiro numa moça de pernas muito hidratadas no carro do meu pai, depois disso minha mãe nunca mais entrou em casa sem fazer barulho, nem fazendo barulho também.

Às vezes, eu preferia voltar da escola andando pra adiar minha chegada, passava uns minutos do outro lado da rua da casa da minha tia, ouvindo o barulho dos carros passando e olhando aquele sobrado como se fosse a casa de um estranho, como se tudo ali já não fosse suficientemente estrangeiro pra mim, chegava a sentar na calçada pra ver as pessoas caminhando de um lado pro outro, sentia muita inveja de quem passava pelo portão sem nem olhar pro lado, seguindo pra outro lugar, qualquer lugar deve ser melhor do que este, imaginava como seria uma vida que me permitisse acordar, escovar os dentes, tomar café da manhã, ir pra escola, voltar, almoçar, fazer as tarefas, ler, jantar, sem ter que enfiar o dedo no cu do meu primo até ele gozar ou chupar o pau dele de um jeito suave pra que não se aborrecesse comigo, algumas vezes mais rápido até ele não aguentar mais, era assim que ele dizia, não aguento mais, e se esvaziar inteiro sobre mim, esses pensamentos eram interrompidos pelos gemidos da minha barriga que me levavam a atravessar a rua pra comer, o que fazia eu me sentir ainda mais desvalida, não conseguir suportar algumas horas longe daquele lugar só por um pedaço de carne e um prato de arroz e feijão, porque nem isso você aguenta, pensava, se desespera pelo buraco no estômago, mesmo com esse moleque invadindo tantos outros buracos, que eram só seus, por causa da falta de comida, de algumas horas sem comida, cruza a porta e senta na mesma mesa que ele, todos os dias, sem lembrar das outras tantas faltas, que são muito piores do que esta, mas você não engole nada, não é mesmo?, não engole nada a não ser a porra do seu primo, não adianta achar que isso vai parar, você sabe que não vai, mesmo ele dizendo que não aguenta mais, igual a sua mãe, lembra?, que também dizia que não aguentava mais até tudo recomeçar no dia seguinte, igualzinho com você.

Ficava escondida atrás da porta, entre o corredor que dava pra sala e a cozinha, pra tentar ouvir as conversas que minha mãe tinha com minha tia pelo telefone, não aguento mais era uma das frases que ela mais dizia, quase sempre depois de algum fim de semana muito ruim, que não tinha nem meu pai brincando de cabecear a bola com meu irmão nem minha mãe e eu fazendo coisas de meninas, nesses dias minha mãe até esquecia que as bonecas tinham fome, que precisavam almoçar, quase nem levantava do sofá, parecendo um pouco com corpo de menino, sem pentear o cabelo e tomar banho, mas de um jeito bem menos divertido, depois vinham as conversas, o telefonema pra irmã dela que eu não conseguia escutar direito, mas ela sempre jurava por deus e pelos pais, ela dizia, juro pelos nossos pais que não aguento mais, só que depois de um ou dois dias a cara dela mudava e ela voltava a fazer tudo de novo.

Ainda pressionava a velha poltrona do seu Rui contra o forno de pizza, rodando repetidas vezes, de novo, de novo, eu dizia, enquanto a Madalena ia empalidecendo cada vez mais, e só nessa hora ouvi a faxineira, que já devia estar gritando há algum tempo no andar de cima, perguntar as meninas não tão ouvindo a campainha não?, até a dona Yolanda acordou!, velha inconveniente, claro que acordou, lembro de ter pensado e também de ter visto a Madá correndo pra porta praguejando nomes que me pareciam bíblicos, mas poderiam não ser, sumindo pelo corredor enquanto eu tentava tirar pedacinhos de rebocos que tinham caído sobre o assento do seu Rui, mais por culpa da falta de uso do forno do que minha, de onde eu estava não conseguia ouvir a voz da Madalena, o silêncio dela me preocupava mais que a cadeira centenária do velho, deixei o escritório com a sensação de que ninguém notaria aquele pequeno arroubo, era isso que queria contar pra Madá quando fixei os olhos na figura parada ao lado do sofá com os bracinhos cruzados, meio sorrindo, olha quem está aí, búuu, te assustei?, ela disse, enquanto tentava entender, naquela fração de segundos, o que estava acontecendo, você aqui nesta casa?, embora no fundo soubesse que aquilo era culpa minha, era culpa do telefone no viva-voz, do movimento da boca que falsificava um sorriso, do quintal dos velhos e das conversas que deixei acontecer e não eram sobre os velhos, mas já era tarde demais pra gritar o que você tá fazendo aqui, sua maluca? ou nunca te falei o endereço da casa da dona Cláudia! ou ainda que direito você tem de aparecer com esses óculos meio embaçados e atrapalhar essa vida horrível que levo com a velha Yoyô?, mas na hora só consegui dizer que surpresa você aqui, essa é a Madalena, babá do Leonardo, preciso ver se a dona Yolanda já acordou, mas senta, Cinthia, você quer um café?, aconteceu alguma coisa lá na casa?

Achava incoerente chamarmos aquelas pessoas de pacientes, é claro que esse nome não tinha nada a ver com a característica emocional daquela gente no final da vida que vivia jogada num asilo, até porque como a maioria deles nem falava não teríamos como saber se eram de fato calmos, conformados ou só não tinham força pra matarem a gente e saírem pelas ruas usando apenas fralda geriátrica, dançando, pensava nisso num final de expediente ao lado da Joana, que desenhava um coelhinho da Páscoa na mão de uma velha, é por isso que era tão difícil dividir as coisas que passavam na minha cabeça com ela ou com qualquer outra pessoa de lá, mas sobretudo com a Joana, que contava ovos de chocolate imaginários com os velhos, aquele som de TV ao fundo, várias delas espalhadas pela casa, ligadas praticamente o dia todo com uma programação que alimentava o papo entre enfermeiros, cuidadores, pacientes e que ia despejando de desenho animado a programas de fofocas, passando por novelas novas e antigas e terminando numa missa que conseguia entristecer ainda mais o fim de tarde, por isso, sempre que eu passava por uma das TVs desligava e jogava a culpa em algum paciente acamado e sem dentes, pra que fazer isso, leito 27?, o pessoal tá assistindo, além dos aparelhos convencionais, havia painéis menores que serviam pra transmitir recados aos funcionários por conta do que chamavam de conduta humanista de abordagem, informavam a morte dos velhos com letras brancas que piscavam três vezes na tela leito número 3, vago, quando isso acontecia o funcionário responsável por aquela ala tinha de recolher os lençóis e adotar os procedimentos pra chegada do serviço funerário, tinha alguns que cuidavam de fechar os olhos dos ex-pacientes e tentavam prender a mandíbula, outros que rezavam baixinho pedindo pela alma do morto mesmo sabendo que pouco fizeram por ele em vida, ainda menos em morte, tinha gente ainda que continuava comentando o episódio do dia anterior da novela, enquanto fazia pequenas interrupções quando lembrava que alguém tinha morrido, que aquela pessoa tinha morrido, havia ainda quem sentisse, mesmo sem dizer, uma inveja profunda daquele fim sem dor, como eu.

A Cinthia com têagá não aceitou o café naquele dia, disse que não queria incomodar, apesar de estar incomodando mais que um tratamento de canal, sem anestesia, provocando uma dor excruciante em mim desde o momento que tinha cruzado a porta de entrada da casa da dona Cláudia, isso por culpa da Madalena que ficou sem saber o que fazer e disse pra ela entrar, mas o que eu queria era saber como ela tinha descoberto que eu trabalhava ali e por que foi me procurar, era isso que eu perguntaria, mas com a Madá parada ao lado dela me olhando e a faxineira no andar de cima gritando que a velha Yoyô já tinha acordado, não me sobrou outra coisa a fazer senão pedir licença, dizer que voltava logo porque precisava cuidar dela, disse dela como se a Cinthia conhecesse a dona Yolanda, ela apenas sorriu com certa condescendência, e assim que cruzei a porta do quarto e encontrei a velha rindo entendi tudo, entendi que ela não estava tão sem consciência assim, que talvez até pudesse falar e só estivesse esperando a hora certa pra sair contando pra todo mundo as coisas que eu falava no ouvido dela quase todos os dias, ou várias vezes ao dia, naqueles poucos segundos ali de frente pra ela ainda titubeei pensando que aquele riso poderia ser apenas mais alguma alucinação, que o próprio cérebro estivesse pregando uma peça nela, como tantas que havia pregado nos últimos dois anos, mas aquele olhar, o jeito que a velha me fitava fixamente me dizia que não, aquilo não era coisa da minha cabeça, ela estava entendendo tudo que acontecia ao seu redor, estava pronta ou quase pronta pra contar pra todo mundo que eu não era a pessoa que eles pensavam, conseguia ouvir sua voz chamando a dona Cláudia, com um ar cansado, se passando por uma senhora frágil e boa, diria vocês precisam mandar essa mulher embora agora, ela debocha de mim, vocês precisam acreditar, ela não sabe nem cuidar de uma velha, ainda mais como eu, mesmo eu não tendo marcas pra provar, porque ela sabe fazer as coisas direito, ela sabe fazer as maldades direitinho, não deixa marcas no meu corpo, mas destrói minha cabeça com um monte de besteiras, um dia, que deve estar muito próximo de chegar, ela vai acabar me matando e vocês vão ficar se perguntando como?, como ela fez isso?, vocês são burros demais pra perceberem que ela não é quem vocês pensam, é capaz de matar o menino e todos vocês, mandem ela embora, é o que ela diria tentando comover todos, mas quando voltei a olhar pra velha Yoyô sua fisionomia já era outra, opaca, distante, cheguei a passar a mão aberta sucessivas vezes na frente dos seus olhos, de cima pra baixo, mas eles estavam arregalados, ela não piscou nem uma vez sequer e supus que quem estava louca era eu, quase belisquei seu braço, mas Madalena entrou no quarto me perguntando se estava tudo bem, precisa de ajuda?, a Cinthia tá te esperando lá na sala, tá me ouvindo?, ela tá esperando você.

Sabia que ela morava por ali, depois do tanto que andamos, de toda a espera, de todos os gestos trocados, os acenos compartilhados, só poderia estar próxima da sua casa, eram duas esquinas, uma de cada lado, eu no meio delas, não havia ruelas, ou foi pra direita ou pra esquerda, pensa rápido, repetia na minha cabeça, mas a voz da mãe do menino da venda se aproximava cada vez mais, ele sendo arrastado por ela, puxado pelo braço pra me pedir desculpas, o ranho escorrendo pelo nariz, ele berrando, fala pra moça que foi sem querer, vai, e a sandália entrando com dificuldade no meu pé, ela parou na minha frente e enfiou a cara do moleque bem perto da minha, ajeitando ele no colo e pedindo dá um beijo de desculpas na moça, dá, ela falava num tom grosseiro enquanto só pensava naquele volume de ranho tocando minha bochecha, formando um fio transparente, uma corda ainda mais bamba entre mim e aquele menino, me antecipei num gesto rápido alisando os cabelos, primeiro os dele, depois os dela, sem entender porque acariciava aquelas pessoas, mas sabendo que não era carinho, era só pra afastá-las, empurrar a cara deles pra longe da minha, o suor pingava, ela vertia água pelo buço, pela testa, essa mulher vai desidratar, tá tudo bem, já vou indo, falei, e o amolador, o amolador anunciando o desconto, explicando que três saíam pelo preço de duas, se tivesse uma faca, moço, mesmo sem corte, já teria usado ela aqui, pensava me afastando sem perceber que era o lado errado, que tinha escolhido o lado errado, na esquina me dei conta de que ela tinha sumido de novo, agora eram muitas as silhuetas com sacolas apoiadas no braço, o sol ainda alto, preciso sair daqui, ir embora, foi só o tempo de apoiar a mão na testa, simulando uma viseira que me fizesse enxergar o ponto de ônibus da esquina, mas os olhos quase fechados não viram a bicicleta que vinha na contramão, mesmo na faixa de pedestres ele não parou, o ciclista, depois disseram, estava olhando pra trás, falava com um moço na porta do açougue, essa mania que eles têm de conversar em movimento, nem a senhora, a velha que estava do meu lado o viu e atravessou, pisou na faixa bem no momento em que o menino da bicicleta resolveu olhar pra frente, poderia ter sido uns segundos a mais ou uns segundos a menos, mas foi naquele momento, o mesmo aconteceu com a roda da bicicleta que acertou em cheio sua perna e o guidão que atingiu a lateral da sua cintura, poderia ser um pouco mais pra baixo ou um pouco mais pra cima, mas quem imaginaria que acertaria bem na prótese, eles disseram depois, arremessando ela pra frente, pra mim, arremessou ela em cima de mim e da minha sandália, que ainda tentava encontrar lugar no meu pé, mas foi de novo pousar do outro lado, uma sandália que gosta de voar, de pousar longe dos pés, dos meus com certeza, a velha se estatelando em cima de mim, com a cabeça bem em cima do meu braço, o que ajudou a conter seus miolos, mas não o sangue, não a poça de sangue em torno da gente, mas longe do moço da bicicleta que foi pousar longe, como fazem as sandálias desobedientes, tudo porque precisava encontrar aquela mulher.

Saí do quarto na ponta dos pés deixando a dona Yoyô aos cuidados da Madalena, ela não tá dormindo, por que você tá andando assim?, ela perguntou, nem eu sabia direito porque fazia aquilo, talvez pra que a velha não percebesse que eu estava indo embora e tentasse fazer revelações pra Madá, mas acabei falando é pra não assustar ela e o Leonardo, a velha mantinha um olhar distante, sorumbático, enquanto eu atravessava o corredor em direção às escadas imaginando o que tinha feito de errado, deve ter sido grave, muito grave, para aquela mulher ter vindo aqui no meu outro trabalho chamar minha atenção, será que é isso que ela veio fazer?, chamar minha atenção?, pensava quando dei de cara com a Cinthia mexendo na mesa de centro a poucos degraus da minha chegada, só consegui dizer, meio de solavanco, larga isso, por favor, a dona Cláudia detesta que mexam nas coisas dela, ela foi devolvendo o porta-retrato sem graça, mas querendo saber se aqueles eram os donos da casa, me desculpa, só achei a foto bonita, família bonita, né?, faz tempo que você trabalha pra eles?, quis saber enquanto eu mudava as almofadas do sofá de lugar, dois anos, faz dois anos que estou aqui cuidando da dona Yolanda, mas será que ela não percebeu que a velha não está na foto?, senta, disse, ela me pegou pelo braço me pedindo calma, por que você tá tão nervosa?, me olhando de um jeito que não tinha feito até aquele momento, só consegui sorrir, daquele jeito que sorrio quando penso coisas horríveis, nada, disse desviando o olhar, quer dizer, fiquei preocupada com você aqui, aconteceu alguma coisa?, devolvi já puxando ela pra parte do sofá em que o Leonardo sempre vomitava, mas ela se ajeitava como quem tivesse vindo pra uma visita longa, como alguém que tivesse sido convidada a estar naquele lugar, será que ela não sentia aquele cheiro de mamão com leite impregnado no estofado?, desculpa, passei aqui pra falar do paciente do leito 27, você conhece ele?, sim, você o conhece bem, ela foi dizendo, mas acho que não deveria ter vindo, não queria te atrapalhar, ela falava enquanto seguia buscando posição entre as almofadas e olhando pro porta-retrato, tá tudo bem, te deram café?, a Madalena te serviu café?, perguntava ignorando que ela já tinha negado, já tinha dito que não queria café, fui seguindo seu olhar, ainda voltado pro porta-retrato, as marcas dos seus dedos na cara da dona Cláudia, sim, eles são os donos da casa, a dona Cláudia e o Caio, o seu Caio, já falei deles pra você, disse pra depois sustentar um silêncio de segundos intermináveis que a fizeram ir levantando, meio às pressas, já vou, a gente conversa amanhã, seu turno, né?, ela disse, se apoiando bem na parte do sofá amarelada de Leonardo, bem feito, pensava, você não tinha me falado dele, do marido da dona Cláudia, ele mora aqui?, ela perguntou.

Minha tia era uma mulher austera, de poucas e ásperas palavras, grosseira muitas vezes, não falava da mamãe comigo, acho que não falava dela com ninguém, por muitos anos cogitei que elas nem se gostassem, apesar de tantas conversas ao telefone com promessas de que aquilo ia acabar, que ela não aguentava mais, minha mãe dizia, mas não cumpria, talvez por isso a irmã tenha se cansado dela, como meu pai, que depois se mostrou uma pessoa bastante cansada a respeito de muitas coisas, no começo ele falou que seria provisório, são uns dias até papai se organizar, vocês ficam aqui, disse já na porta da casa dela, fiquei muitas semanas sem desarrumar minha mala e obrigando meu irmão a fazer o mesmo, como se o encontro das nossas roupas com aquelas gavetas, as gavetas da casa da minha tia, fossem definir nosso futuro, a gente já vai embora daqui, não precisa guardar, coloca na mochila mesmo, dizia pra ele, e ele obedecia empurrando as cuecas e as camisetas com força naquele lugar apertado, amassando tudo ainda mais, talvez porque ninguém tenha nos chamado pra uma conversa, nem papai nem minha tia, tão passageiro que não tinha o que explicar, por um tempo poderia ser divertido ter um quintal e dois novos irmãos, uma escola nova que me demandava decorar o nome de todos os professores e colegas, sem falar nas matérias e apostilas, era tudo muito diferente do colégio antigo, dizia isso pro meu pai quando ele aparecia, no começo, quase todos os dias, buzinava, corríamos pro portão, às vezes, só pra dar um beijo, hoje vai ser uma passadinha rápida porque papai tá atrasado, mas as mochilas sempre prontas, não queria que ele perdesse tempo esperando a gente voltar pra arrumar as coisas no dia em que viesse pra nos pegar de vez, deixá-lo na porta enquanto fazíamos as malas?, que ideia!, depois começou a vir menos, aparecia num dia, no outro não, minha tia nunca soube explicar nada, talvez porque eles não se falassem também, não dá, ela respondia sempre sem paciência quando eu pedia pra falar com papai por telefone, ora dizendo que ele ainda não tinha um número, ou que estava muito ocupado, daqui a pouco ele chega por aí e você fala com ele, mas sempre rindo no final das frases, sempre dando uma risada estranha de gente que não está de fato achando graça no que está falando, conforme as visitas do papai foram rareando, passei a deixar as mochilas abertas, mesmo que as roupas continuassem todas dentro delas, e de um dia sim e outro não, ele começou a aparecer uma vez por semana, sempre passando só pra dar um beijinho, hoje não tem sorvete, desculpem, o papai precisa trabalhar pra levá-los o quanto antes pra nossa casa, dizia, ficava me perguntando se era antes do sorvete ou do trabalho, até poderia ser depois, tanto faz, tá bom, papai, e voltávamos com as mochilas pro quarto, não mais na porta, encostadas no batente, mas um pouco mais perto da cama, com o tempo elas foram entrando ainda mais e a gente saindo menos pra ver o papai, que começou a aparecer a cada quinze, vinte dias, sempre sem tempo pro sorvete ou pra um lanche, só um beijinho, até que um dia na volta da escola vi que nossas roupas, todas as nossas roupas, estavam dentro das gavetas, e perguntei pra minha tia por que você fez isso?, agora quando papai vier vai ter que esperar a gente colocar tudo na mochila, mas ela riu, daquele jeito de quem não está com vontade de rir.

Encontrei a Cinthia com têagá no outro dia, no dia seguinte à aparição dela na sala da dona Cláudia, ainda do lado de fora da casa de repouso, com um sorriso largo, meio forçado, rachando os lábios ressecados, passou a mão no cabelo colocando ele meio de lado, e mesmo que quisesse me esconder atrás de um carro que estava estacionado um pouco antes da entrada pra ela não me ver, não dava mais, sabia que teria de entrar com ela e começar o assunto ali mesmo na calçada, sem mais ninguém pra me salvar daquela conversa, a conversa que a gente tinha adiado porque bem na hora que ela perguntou se o Caio morava com a dona Cláudia, Madalena apareceu com o Leonardo e começou a fazer um monte de perguntas pra Cinthia, acho que como forma de conseguir respostas que eu quase nunca dava, só por curiosidade mesmo, ela dizia, querendo saber a quantidade de pacientes, como era a casa de repouso por dentro, se tinha piscina, se era muito triste tratar dessas pessoas que passam anos acamadas, sem falar e sem conseguir comer, terminava todas as frases com expressões que pareciam bíblicas, mas poderiam não ser, a Cinthia com têagá até tentava dar respostas mais completas, mas a Madá não deixava ela concluir o raciocínio, nem ela nem o Leonardo, que gritava e sacudia os braços querendo ir pro chão, vou ter que trocar ele de novo, acredita?, a Madalena disse se desculpando e saindo, acho que foi isso aliado a tudo que já tinha acontecido antes que fez com que a Cinthia levantasse do sofá lamentando ter chegado em má hora, dizia como se conhecesse a dinâmica da casa, como se soubesse que havia uma boa hora, a gente se fala amanhã, fica tranquila, ela me disse, não tem pressa, não deveria ter vindo, claro que não, pensava, mas deixa um beijo pra moça, Madalena, eu disse, Madalena é o nome dela, isso, deixa um beijo pra ela e desculpa de novo o mau jeito, tá?, foi saindo, eu atrás querendo saber sobre o paciente do leito 27, me diz, o que houve, falei, mas ela insistiu que não era urgente, a gente podia se falar amanhã, e o amanhã tinha chegado, ali, na frente da casa de repouso, só eu e ela, sabia que não poderia mais adiar aquilo, então pedi desculpas pela correria do dia anterior, é sempre assim?, ela perguntou, ah, criança e gente de idade, sabe como é, disse, você nem conseguiu me falar do paciente, o que houve com ele, Cinthia?, fiquei preocupada, e bem nessa hora Joana apareceu não sei de onde, até pensei que pudesse estar escondida atrás do carro que eu paquerava, o meu esconderijo, será que ela pensou nele antes?, abraçou a gente pelas costas, juntas, as duas juntas, e ficou olhando fixamente pra Cinthia, foi entrando meio pendurada na gente, mas sem tirar os olhos dela, o que você tem?, eu cheguei a perguntar, mais por conta do olhar arregalado, uns olhos grandes que ela não costumava ter, do que pelo fato de ter saído de uma espécie de um refúgio, uma toca, há quanto tempo ela estava ali?, será que ficou esperando a gente chegar?, como ela sabia que a Cinthia queria falar comigo?, eu deveria saber que a Joana não era confiável, desde o começo contando umas histórias sem pé nem cabeça no refeitório, inventando coisas, tá na cara que elas conversaram, o que a Joana disse pra ela?, e quando vi, quando me dei conta, já tínhamos entrado na casa de repouso e eu estava sozinha, no pátio central, com um prontuário na mão, sem nem sinal da Cinthia com têagá.

Sempre que papai demorava pra voltar pra casa, o que acontecia quase todos os dias, mamãe ficava andando de um lado pro outro na cozinha de salto alto, com a roupa do trabalho, como se estivesse pronta pra cruzar a porta e sair, às vezes falava alto, sozinha, nem sinal dele, nem sinal dele, repetia enfurecida, acho até que dormia sem tomar banho, embora não deixasse a gente pular ele nunca, o banho, mesmo nos dias em que eu e meu irmão estávamos mais cansados, como eu ficava na ponta da escada, não sabia o que ela ficava fazendo ali sozinha andando entre a mesa e a pia por tanto tempo, até que um dia resolvi descer devagar, degrau por degrau, mesmo sabendo que ela ficaria muito brava se me visse fazendo aquilo, a minha curiosidade era maior, não a do meu irmão, que estava sempre dormindo nessas horas, demorei bastante, mas consegui tomar coragem, quando me aproximei do batente vi mamãe de costas, sem andar, parada num canto entre o corredor e a porta de entrada segurando alguma coisa que não conseguia saber o que era, fiquei ali mais um tempo, e quando estava quase desistindo ela se virou, foi muito rápido, muito rápido mesmo, porque se ela me visse tomaria tantos tapas na cabeça, mais do que no dia em que perguntei pra ela da rola do menino da minha sala, mesmo assim consegui ver o revólver, vi que ela segurava aquela arma que devia ser a mesma que tinha me mostrado uma vez ali na cozinha, e assim que ela se virou puxei o pescoço bem rápido e voltei devagarzinho pra escada, mas mamãe continuou caminhando sem dizer uma palavra, quando estava quase chegando no último degrau ouvi alguém abrindo o portão, só pode ser meu pai, corri pro quarto, fechei a porta e cobri a cabeça, cobri a cabeça toda com o cobertor pra me proteger da briga que sabia que começaria assim que ele entrasse em casa, foi só naquela hora que lembrei do revólver, quer dizer, tinha lembrado do revólver antes, mas não tinha pensado que mamãe pudesse usar ele se estivesse com muita raiva do papai, comecei a rezar todas as coisas que lembrava, pedindo pra que ele não falasse nada, fiquei pedindo pra que papai não falasse a respeito de nenhuma perna bonita que tinha visto naquele dia, ainda mais pra ela, que poderia ficar triste pela sua falta de hidratação, mesmo com todos os remédios que tomava, rezei tanto e tão alto que não consegui ouvir mais nada por um bom tempo, a não ser o portão batendo e alguém que parecia o papai, uma voz que parecia ser a do meu pai dizendo que não aguentava mais, igual a mamãe falava pra irmã dela no telefone.

Sentia meu braço dormente, não sabia se era por conta do peso da cabeça da velha ou se ele estava quebrado, se meu braço tinha sido esmagado por aquela carcaça de cabelos brancos, que naquele momento estavam tingidos de vermelho, tinha alguma coisa que escorria e parecia ser sangue, mas se fosse sangue eu e a velha já estaríamos mortas, pensava, por um tempo que não sei dizer quanto, porque aquela cena não me deixava entender as coisas muito bem, tudo ficou em silêncio, foi bom porque até a música do caminhão de gás sumiu, as vozes daquelas pessoas caminhando e conversando também, mas assim que abri os olhos pude ver que uma quantidade grande de pessoas estava ali parada encarando a gente, já tomava boa parte da rua, no começo era tudo meio embaçado, as cenas se misturavam entre o que tinha acontecido há alguns minutos e o que estava acontecendo naquela hora, cheguei a ter raiva do menino da venda que estava bloqueando a saída do hortifruti e me fez tropeçar, mas ele não tinha nada a ver com isto, nem o amolador de facas, que devia ter abandonado sua clientela pra correr e acompanhar o acidente quando alguém passando perto da bicicleta dele deve ter gritado foi feio, atropelamento, tem uma senhora também, ali na esquina, muito sangue, não sei, não dá pra saber se estão vivas as duas mulheres, sem falar no menino que voou, foi distração, estava na contramão, agora talvez nunca mais volte a andar de bicicleta, Deus queira que consiga ficar em pé, fiquei imaginando o maldito homem da perua, aquele que fechou a minha passagem, dizendo conheço ela, a vi outro dia, bem na frente da perua, tentando atravessar com uma cara brava, convidei ela pra vir comigo no banco da frente, mas não quis, bem feito, piranha, ele deve ter dito, tentei ver, mas ainda era tudo muito embaçado, se a mãe do menino estava lá, se a mulher que suava pelo buço e por todos os poros estava ali, debruçada sobre nossos corpos apertando o moleque contra seu corpo, dizendo tá vendo o que dá não prestar atenção?, vai lá dar um beijo na moça, mas aos poucos a visão foi desanuviando, meus ouvidos também, como se tivessem tirado um tampão de dentro deles, comecei a escutar as vozes, aquelas dezenas de vozes que gritavam coisas que não conseguia entender, mas teve alguém, que poderia ser o amolador de facas ou mesmo a vendedora de manga Palmer que usava avental azul, isso não tenho como saber, mas alguém gritou pra não mexerem nelas, na gente, porque a ambulância estava chegando, já chamei, eu também, o outro disse, imaginei muitos carros e socorristas chegando ao mesmo tempo, lembrando dos homens de branco entrando no banheiro e vendo mamãe cercada de pílulas, quando a velha que vazava sobre mim começou a gemer, não igual ao Ivan, nem igual a minha barriga quando estava com fome na porta da casa da minha tia, um gemido de dor, um pouco de alívio, acho que a velha também chegou a pensar que era o fim, o nosso fim, mais por conta do barulho, foi só por causa do barulho que estava me incomodando muito, da velha gemendo no meu ouvido, além de toda aquela gente falando, que me esforcei pra dizer calma, eles já chamaram a ambulância, uma cabeça apareceu, tapando o sol que batia direto no meu rosto, se aproximou, sei que ela chorava, não a cabeça, uma cabeça chorona?, mas a mulher que era dona da cabeça, porque chegou a molhar minha cara, chegou a derrubar um pouco de lágrima no meu rosto, que ela tentava conter passando a mão nos olhos enquanto se dirigia à mãe, que chamava de mãezinha, minha mãezinha, vai ficar tudo bem, dizia apertando alguma parte do corpo da velha, que continuava gemendo, não conseguia ver o rosto dela por causa do sol que continuava batendo um pouco na minha cara, porque a cabeça que chorava não era tão grande assim pra tapá-lo, e só depois que ela soltou a velha veio falar comigo, começou passando a mão no meu cabelo, dizendo que nunca esqueceria aquilo, você salvou a vida dela, vou ser grata pro resto da vida, tá ouvindo?, ela dizia, apertei bem os olhos e consegui ver, mesmo que no começo tenha duvidado, mas consegui ver que era ela, que a cabeça chorona era da mulher que eu vinha perseguindo, quer dizer, acompanhando, ela estava ali na minha frente dizendo vai dar tudo certo, desculpa, desculpa ficar falando tanto, você salvou ela, salvou minha mãezinha, agora respira, fica calma, sou a Joana.

Papai gostava de me apresentar pros seus amigos e mulheres de pernas bem torneadas como minha princesa, dizia essa aqui é a minha princesa, eu sorria porque não queria chatear ele, ainda mais na frente das pessoas, mas as princesas que conhecia tinham tranças, mesmo não sendo japonesas como a Akemi, talvez elas nem tivessem cheiro de morango, os cabelos estavam sempre presos, muito penteados, e lembrava da dor de cabeça que sentia toda vez que minha mãe tinha que fazer um esforço muito grande pra prender todos os fios, pra não deixar escapar ela usava vários grampos, alguns até entravam um pouco no couro da minha cabeça, sentia que chegavam a cutucar meus miolos, por isso às vezes ficava parecendo a Akemi, não pelo cheiro de morango, mas porque mamãe puxava tanto meu cabelo que meus olhos iam junto, ficavam um pouco esticados também, eu dizia que estava com dor de grampo, ela ria e continuava puxando, só queria que meus pais me chamassem pelo meu nome mesmo, coisa que eles nunca faziam, chegava a pensar que podiam ter se arrependido ou que não lembravam dele, por isso preferiam dizer minha princesa ou menina.

Estava sozinha parada no meio do pátio quando gritaram meu nome, uma enfermeira precisando de ajuda pra virar uma velha que tinha se vomitado toda, já vou, disse, mas antes precisava checar como estava o paciente do 27, já que a Cinthia não tinha conseguido me contar o que queria ou precisava, mais por culpa da Joana do que dela, estava nervosa, sem entender ainda o que tinha feito ela ir até a casa da dona Cláudia me procurar, devia ser algo urgente, mesmo ela me dizendo que não, que podia esperar, mas só uma coisa inadiável explicaria aquela invasão no meu outro trabalho, que nem lembrava de ter falado muito dele pra ela, muito menos do endereço, do número da casa da velha Yoyô, fui cruzando os corredores enquanto pensava em tudo isso, conforme me aproximava do quarto em que o paciente do 27 estava, meu coração acelerava e mil pensamentos brotavam na minha cabeça, não era hora, não naquele momento, pra que alguma coisa acontecesse, entrei de supetão derrubando uma bandeja que estava bem na porta, apoiada de um jeito errado, quem será que deixou essa porcaria aqui?, falei em voz alta sem perceber, mas o barulho da bandeja no chão já tinha feito estrago maior, despertando uma velha que mal conseguia abrir os olhos, mas abriu, me olhou como se a culpa daquela confusão fosse minha, desviei o olhar e tomei um susto ainda maior, maior do que o da velha com o barulho da bandeja quando vi que a cama ao lado dela estava vazia, o lençol esticado como se há dias não visse uma bunda com escara, nem um dorso contorcido por conta de dores, isso não tinha a menor importância naquele momento, o lençol não fazia nenhuma diferença, porque o paciente do 27 não estava mais ali, nesses casos a gente sabe que há duas possibilidades, no caso dele, digo, que não saía mais nem pro banho de sol, só havia duas alternativas, ou tinha morrido ou sido levado pro hospital por causa de alguma contingência, torcia muito pra que fosse a segunda opção, pra que tivesse sido carregado de ambulância por conta de mais uma das várias infecções urinárias ou qualquer outro problema desse tipo.

Foram dois dias ou quase isso, talvez um dia e meio, seguindo aquela mulher, tentando ler seus hábitos e decifrar seus gestos pra me ajudar numa conversa que teria que criar com ela mesmo sem ainda saber como, como faria isso, ainda mais com alguém que era tão conhecida por ali, naquele bairro, ela acharia muito estranho alguém simplesmente abordá-la pedindo sei lá o que, ainda mais uma desconhecida, por isso precisava de todos os elementos, precisava assimilar o maior número possível de informações, ouvir suas conversas, o jeito que falava com as pessoas, foi assim no primeiro dia, caminhando bem perto dela, perto a ponto de quase chutar seu calcanhar, fazendo sair uma parte da sua sapatilha e correndo o risco de jogá-la no chão, com as compras e tudo, mas seguia assim pra poder escutar tudo, e quando chegava perto demais, segurava um pouco o passo pra não ser percebida, pra ela não se dar conta de que tinha uma pessoa, a mesma desde a porta da casa de repouso onde ela trabalhava até ali, no lugar onde vivia, atrás dela, o que você quer comigo?, ela poderia me perguntar, por isso segurava o passo, mas logo acelerava de novo prescrutando até seu balanço de cabeça, chegando em alguns momentos a ouvir sua respiração, ora esbaforida, típica de quem anda falando e gesticulando, quando a perdi de vista, quase fui arremessada em cima do amolador de facas por causa da criança na porta da venda e não pude mais ver pra onde a mulher tinha ido, já estava quase desistindo, convencida de que teria que atravessar a cidade de volta, tentar segui-la num outro dia, quando uma bicicleta na contramão mudou tudo, mesmo quase tendo matado a velha que perdeu um pouco de sangue, é verdade, mas poderia ter perdido o restinho de anos que lhe sobravam, a bicicleta me colocou frente a frente com ela, não com a velha que seguia com os miolos vazando no meu braço, mas com aquela mulher, que agora estava ali me agradecendo por ter salvado sua mãe, não fosse o cérebro da velha que ainda pingava um pouco sobre o meu cotovelo, mesmo com a dor que sentia no corpo todo teria levantado correndo só pra dar um beijo naquele moleque ranhento, talvez até abraçado o moço da perua que atrapalhou meu caminho, topado dar uma volta no banco dianteiro com ele, mas isso não importava mais, tinha conquistado toda sua gratidão, do jeito mais improvável, uma história que poderia ser compartilhada no palco de templos religiosos por missionários fanáticos, buscando a conversão de ovelhas desgarradas, mostrando que a fé move montanhas e bicicletas, mas nada me importava mais, nem as sandálias teimosas que gostavam de voar, que voem, pensava já a caminho do hospital.

Era, em geral, uma boa aluna, isso não me demandava muito esforço, na verdade quase esforço nenhum, por isso às vezes alguns professores diziam que era um pouco avoada, mas era só tédio e falta de interesse pelas aulas, mas nem todo mundo da minha classe era assim, nem todo mundo entendia o que os professores diziam, talvez por causa disso perdiam a paciência e chegavam a arremessar coisas neles, nos professores, e foi o que fez um menino de cabelo loiro que sentava nas últimas fileiras, que um dia jogou uma bola enorme de papel no professor de geografia, mas ele deu muito azar, como foi azarado aquele menino loiro, logo que tacou a bola o professor se virou e o papel que estava indo direto pra nuca foi parar bem no meio do seu nariz, como ele tinha se virado conseguiu ver o momento exato em que o menino fez o movimento do arremesso, ainda mais irritado por conta da risada da turma, mandou o menino loiro pra diretoria, depois fiquei sabendo que por ter jogado aquela bola de papel no professor, a diretora chamou os pais dele pra conversar, os responsáveis, ela explicou pra classe no dia seguinte que chamaria os responsáveis pelo aluno loiro pra entender o que estava acontecendo, se isso voltasse a ocorrer naquela turma, ela falou que faria a mesma coisa, chamaria os responsáveis pra conversar, fiquei pensando que do jeito que ela falava era como se a culpa não fosse do menino loiro, mas dos pais dele, que foram até a escola naquela mesma semana, e o menino foi tirado da classe pra acompanhar a conversa, passou umas duas horas trancado com eles na sala da diretora, duas horas inteirinhas sem aula, com os pais, a diretora não mentiu quando falou que se alguma coisa parecida voltasse a ocorrer faria o mesmo, depois de quase um mês sem vê-lo, voltei a encontrar meu pai na diretoria da escola, por umas duas horas também, por conta de um lápis de cor que joguei na professora de artes, não quis fazer uma bola de papel, achei melhor arremessar o lápis de cor que ela sempre pedia tanto pra gente usar, mas não daquele jeito, que ideia!

Depois daquele encontro, da primeira vez que a Cinthia com têagá apareceu na casa da dona Cláudia, a Madalena passou semanas me fazendo perguntas sobre meu outro trabalho, não sei se porque gostou muito da Cinthia ou porque não tinha mesmo outras coisas pra falar, quis saber tudo sobre os pacientes, de quais eu gostava mais, como se ainda não tivesse entendido que gostar era um verbo que eu não praticava em nenhuma das casas, mas não ia dizer isso pra Madá, logo pra ela que achava tão bonito o trabalho que eu fazia, sempre que podia ela dizia admiro o que você faz, porque além de cuidar da dona Yoyô ainda fica tantas horas com os velhinhos lá da outra casa, ela sempre chamava a casa de repouso de a outra casa, como se a casa da dona Cláudia fosse a principal, em meio a tantas perguntas quis saber como eu tinha parado lá, como tinha conseguido o emprego, e ainda tão perto daqui, né?, que sorte, ela dizia, poder ir andando de um trabalho pro outro, também pra casa, enquanto ela tinha de atravessar a cidade pra dormir na própria cama, e quis saber de novo, porque já tinha me feito esta pergunta, mas nunca tive vontade de responder, como se quisesse trabalhar lá, é isso, Madá?, cheguei a perguntar, você também quer arrumar um segundo emprego pra se livrar desse menino?, disse rindo, provocando, porque sabia que ela ficava muito nervosa quando me referia ao Leonardo como um sapato apertado ou qualquer outra coisa que ensejasse o sentimento de irritação que eu nutria por ele, respondi, sem tanta convicção se não tinha mesmo contado isso antes, foi a Joana que me indicou pra trabalhar lá na casa, a Joana que me ajudou a entrar.

Fiquei algumas horas em observação na enfermaria do hospital, logo fui liberada com uns arranhões, uma dor meio generalizada, que depois se manifestaria em forma de bolas roxas em várias partes da minha perna e panturrilha, além dos braços, naquele tempo em que fiquei ali duas ou três enfermeiras vieram me perguntar se eu não queria chamar alguém, um parente ou amigo, elas diziam, pra acompanhar você, mas expliquei que não precisava, estava me sentindo bem, logo deveria ser liberada, não quero dar trabalho pras pessoas, ainda assim elas insistiam como se sentissem um pouco de pena de verem uma mulher ali sozinha, mas isso passou quando Joana apareceu pra me ver, veio assim que a mãe foi encaminhada pra cirurgia, o médico disse que a pancada, mesmo que tenha sido muito amenizada pelo meu braço, pelo braço que segurou um pouco dos miolos da velha, acabou causando uma concussão cerebral, precisavam abrir a cabeça dela pra confirmarem se não tinham coágulos, o procedimento era um pouco preocupante por conta da idade da paciente, claro, cirurgia sempre preocupa, né?, a Joana disse, mas os médicos estão confiantes, sabem que ela é forte, já ganhou uma segunda data de aniversário por causa da moça, por sua causa, ela falou, você deu uma nova chance pra minha mãe, acho que depois de tudo isso, depois de ela ter sobrevivido ao mais difícil, Deus não vai levá-la na cirurgia, logo na cirurgia, ela falava enquanto me dava conta de que aquela poderia ser minha única oportunidade de aproximação, seria difícil manter contato, ainda mais se a velha morresse, se a velha morrer essa gratidão vai pro saco, ela falava sem parar sobre a mãe, como gente de idade era distraída, que ela sabia disso como ninguém, a Joana dizia, porque além da minha mãe tenho mais uns quarenta velhinhos, nessa hora percebi que era a minha deixa, a chance de falar do que de fato precisava, e antes que ela mudasse de assunto perguntei mas como assim quarenta velhinhos, Joana?, ela foi se enchendo de orgulho pra contar que trabalhava numa casa de repouso, você sabe o que é isso, claro, né?, ela me perguntou, já fui respondendo com a cabeça que sim e emendando comentários sobre a coincidência, disse, que coincidência, porque admiro tanto esse trabalho, a dedicação de pessoas como você, fico pensando em como deve ser gratificante, parecendo um pouco a Madalena no jeito de falar, com a mesma crença nas pessoas, mas no caso dela de maneira honesta, disse que devia ser muito reconfortante passar o dia dedicando amor pra essas pessoas que já estão sem saúde, no finalzinho da vida, em geral sozinhas, né?, é tão triste, mas tão bonito, ia costurando uma frase na outra, via pelo seu semblante que aquilo estava funcionando, mas e você?, ela interrompeu, faz o quê, além de salvar velhinhas de atropelamentos?

Ainda não sei o que fazer, acho que respondi mais ou menos isso quando minha tia perguntou o que você pretende fazer da vida quando se formar no colegial?, lembro de estar muito nervosa, apertando as mãos escondidas embaixo da mesa, muito incomodada com a conversa, com aquele olhar, com o silêncio interrompido pela taça de vinho tocando a mesa de tempos em tempos e de uns pigarros, um ruído de garganta abalada, de cordas vocais que pareciam mais desconfortáveis do que eu, mas que insistiam em se dirigir a mim simulando uma preocupação que eu sabia se tratar apenas da expectativa de se ver livre de mim assim que a escola acabasse, findando também sua obrigação comigo, não mais um problema dela, menos uma boca pra alimentar, acho que era isso que ela queria com aquela conversa, garantir que estava fazendo minha parte, quer dizer, precisava confirmar que estava cuidando das coisas, mas aquele silêncio deixou claro pra ela que não, que ainda não tinha planejado os próximos passos, logo depois que consegui dizer que não sabia o que queria fazer, a taça de vinho começou a pousar menos sobre a mesa e a se deter mais na boca, na boca da minha tia, o que acalmou pelo menos as cordas vocais que pararam de ranger, mas resolveram emitir outros sons em formas de palavras que disseram algo como igualzinho a mãe dela, mas as minhas cordas vocais não eram como as da minha tia, não me deram nem um grunhido sequer pra que eu lembrasse que mamãe sabia bem o que queria e que se eu tivesse a coragem dela não estaria ali na frente daquela mulher, aqui na sua frente, queria ter dito, porque além de muita raiva, o meu corpo, este corpo que você nunca parou direito pra olhar, também carrega seu neto, talvez esse seja o problema, seja isso que esteja tirando minha energia e me confundindo a ponto de não conseguir dizer o que quero fazer, igualzinho a ela, você tem razão, fazer como minha mãe tomando aquelas pílulas perto da privada, a mulher que você diz que não sabia o que queria da própria vida, mas que teve coragem de se livrar dela, da vida que ela detestava, queria ter gritado, mas não gritei.

O dia foi tumultuado, além de tentar entender o que tinha acontecido com o paciente do leito 27, precisei ajudar a enfermeira com a velha vomitada, recorri à privada duas vezes depois de ver minha roupa empapada de um líquido azedo que ela regurgitou em cima de mim, nem sinal da Cinthia com têagá, desde que Joana tinha atrapalhado nossa conversa não havia cruzado com ela, cheguei a ir algumas vezes ao jardim dos velhos, onde ela sempre acabava aparecendo pra dizer búuu no meu ouvido, perguntar se tinha me assustado, mas nem isso funcionou, ela não apareceu, já sabia àquela altura que o paciente tinha sido internado por conta do cateter da sonda, precisava trocar, me disseram, imaginei que esse fosse o assunto que ela queria ter comigo, mas foi até a casa da dona Cláudia pra isso?, por que não me ligou ou não deixou pra dizer no dia seguinte?, como ela sabia o endereço de lá?, já fazia quase dois anos que eu trabalhava naquele lugar, nunca tinha sido requisitada fora do meu horário, ainda mais com aquele salário horrível, iam exigir também que a gente ficasse à disposição depois do expediente?, estava com a cabeça cheia, mas já tinha desistido de falar com ela naquele dia quando dei com a Cinthia no meio do corredor, ficou claro que não era só eu que estava ansiosa por aquele encontro, assim que me viu, ela me puxou pelo braço com uma intimidade que achei forçada, mas a curiosidade era tamanha que nem me importei, fui com ela sem saber direito o que estava acontecendo, sendo levada pelo braço, dispensando todo mundo que ia cruzando nosso caminho com alguma demanda, depois, depois, ela respondia andando num ritmo acelerado, não que estivéssemos correndo na casa de repouso, isso seria ridículo, mas a gente andava com uma urgência de quem lembra que esqueceu de desligar o fogo do arroz, e eu já sem graça porque ela não soltava meu braço, e quem não soubesse do arroz, quer dizer, que tinha uma pressa parecida com a de quem precisa salvar o arroz, poderia pensar até que tinha cometido alguma falha grave, que estava sendo levada pra diretoria, como uma menina que esqueceu de fazer a lição de casa ou arremessou um lápis de cor na professora, e quando eu já estava ficando incomodada, entramos na sala dela, e com a mesma mão que me carregava foi fechando a porta, respirando com um certo alívio de quem viu que ainda tinha um pouco de água na panela, que o arroz continuava branquinho, pronto, ela disse, agora podemos conversar, foi puxando uma cadeira pra eu sentar sem nem me perguntar se estava ocupada, se tinha algum velho engasgado precisando de mim ou se estava no meio da minha ronda, mas quem eu queria enganar se também estava curiosa pra saber o que ela tinha de tão importante pra me dizer, não consigo lembrar quem começou a conversa, quem arremessou a primeira pedra no lago, mas as ondas foram ficando enormes, e, pensando hoje, lembrando daquele dia, deve mesmo ter sido uma pedra enorme, independentemente de quem tenha feito o primeiro arremesso, era de fato uma pedra grande demais, se soubesse que seria assim, que aquele puxão no corredor me levaria pra um quarto escuro e inundado até o teto, teria criado uma pneumonia pra dona Isaura, que estava sempre tão congestionada, agora não consigo, Cinthia, teria dito, a tosse piorou muito e preciso fazer a inalação, mas depois passo na sua sala pra gente conversar, só que agora não tinha catarro que me tirasse dali, ela começou me perguntando se já sabia sobre o paciente do 27, te falaram que internou de novo?, sim, sim, a coisa do cateter, não tem jeito, mas parece que ele está bem, disse, e ela confirmou, falou que devia ter alta nos próximos dias, que bom, aquele silêncio, lembro de um silêncio embaraçoso, que só depois passei a sentir falta, mas que naquele momento, antes, digo, antes da pedra que não sei quem jogou no lago, aquela falta de assunto me fazia virar na cadeira buscando posição, talvez ela tenha percebido isso, porque me olhava muito, mas a verdade é que sempre me olhava muito, começou a se explicar, pedindo desculpas por ter ido na casa da dona Cláudia, mas que tinha ficado muito preocupada porque esse paciente é esquisito, não ele exatamente, ela se corrigiu, ele não fala há anos, né?, mas a história dele, da família dele, você conhece algum parente do 27?

Uma enfermeira entrou em seguida, Joana me olhando ainda, esperando uma resposta sobre o que eu fazia da vida além de colocar meu braço à disposição de cabeças brancas ensanguentadas, mas ela chegou falando, a enfermeira queria saber se Joana era da minha família, sem escutar a resposta foi dizendo que bom que agora teria alguém pra me levar pra casa, supondo que ela estava ali por minha causa, que me colocaria num carro e me serviria sopa quente no jantar, logo ela, que só andava de ônibus, não, tentei falar algumas vezes, mas ela seguia calibrando os equipamentos da enfermaria, deixando claro que minha permanência ali não era mais necessária, corredor cheio, fez questão de lembrar, foi saindo enquanto me pus em pé e comecei a pendurar a bolsa, Joana atrás de mim, acho que pensando se deveria oferecer uma carona, mas no ônibus?, saímos pelo corredor apinhado de camas, gente de cabeça enfaixada, não dissemos nada, não cheguei nem a olhar pra trás, não sabia se ela continuava ali, se Joana cruzava comigo aquele mar de doentes ou se já tinha ido em busca de notícias da mãe, a velha que ainda ia operar pra garantir que continuaria com a cabeça boa, tudo em ordem e conectado, mas quando saí pela porta principal percebi ela logo atrás de mim, se abanando com a palma da mão, meio aflita querendo saber como me sentia, se as dores estavam controladas, você mora perto?, ela perguntou enquanto checava o celular pra saber se tinha novidades da mãe, nada ainda, me disse quando perguntei, acho que demora mesmo, com essa quantidade de gente, toda essa gente aí precisando de atendimento, não tem como darem informação, tem que ter paciência, falei, e fé, tem mesmo é que colocar na mão de Deus, ela disse enquanto eu pensava que a mão de deus seria a segunda, né?, depois da minha, que segurou a cabeça da velha, mas precisava sair dali, meu corpo ainda todo dolorido, sentia umas pontadas no estômago, devia ser de fome, assim trocamos telefone, desejei boa sorte na cirurgia, me avise se puder ajudar de alguma forma, por favor, também vou me cuidar, e nos despedimos assim, sem nada resolvido, mas com a garantia de que a partir daquele momento, além de saber onde ela morava, o bairro em que ela morava, tinha seu contato, seu reconhecimento, ela repetiu muitas vezes, sua gratidão, e tomara que não morra, pensei, tomara que a velha não morra.

Logo que comecei a cuidar da velha Yoyô, ela ainda ensaiava algumas pequenas distrações, às vezes costurava as meias do filho ou se forçava a pintar telas em branco que o Caio vez ou outra trazia do escritório, mas com o tempo elas foram se acumulando num canto da sala, formando uma pilha, depois duas, quando já estava na terceira ou quarta cheguei a comentar com a Madalena será que ninguém percebeu que a velha não gosta de pintar?, mas ela sempre teve a capacidade de arrumar explicação pra tudo, deve ter dito coitado do menino, trabalha tanto, que menino, Madá?, sempre perguntava quando ela chamava o filho da dona Yolanda, que tinha mais de trinta anos, de menino, ela ria porque já tinha cansado de dividir comigo suas impressões sobre aquela família, sabia que aquilo não funcionava, o que vamos fazer com essas telas?, devo ter perguntado pra ela antes de colocar todas numa caçamba de lixo que por aqueles dias estava parada na porta da casa da dona Cláudia, ou pelo menos era isso que eu deveria ter feito antes de dar um fim àquelas pilhas de quadros, quer dizer, de telas que poderiam ter se transformado em quadros, mas só de pensar em ter de ficar segurando a mão da velha Yoyô por mais de vinte minutos pra fazer um sol tinha vontade de chorar, joguei mesmo tudo fora, tudo na caçamba, sei que poderia ter levado pra outro lugar, por que você não levou pra casa de repouso?, a Madalena chegou a perguntar, mas inventei que os velhinhos, sempre chamava os pacientes de velhinhos quando falava com ela, eles tinham alergia, imagina todos os velhos do asilo com alergia, uma massa de pessoas idosas espirrando ao mesmo tempo, com manchas vermelhas espalhadas pelo corpo, as glotes, todas as glotes querendo fechar, tudo por conta de uma porção de tinta, mas sustentei isso, mesmo não gostando de mentir, disse que tinha medo que colocassem a mão de tinta no olho, mas o que não queria era ter que ficar segurando aquelas mãos cansadas, mais cansadas do que as mãos das moças que andavam de carro com meu pai, em torno de um pincel pra fazer nuvens, não fazia sentido instalar aquela falta de cognição na parede de ninguém, disse que deu bolor, tudo embolorado, dona Cláudia, falei ainda da preocupação com o Leonardo, que poderia mexer naquilo, depois colocar a mãozinha na boca, imagina?, a pobre da dona Yolanda respirando aquele mofo dia e noite?, acabei com o projeto de atelier que o filho dela estava querendo criar só pra ocupar a velha, a mãe dele, com quem não trocava meia dúzia de palavras, se dizia muito ocupado, o menino da Yoyô é muito ocupado, a Madalena dizia, achava estranho, mas a verdade só fui descobrir depois, até poderia dizer que já sabia, que desconfiava de alguma coisa, mas isso não seria certo.

Muitas vezes tive certeza de que minha tia sabia ou pelo menos desconfiava do que acontecia entre mim e Ivan, por isso implicava tanto comigo, como se fosse culpa minha, como se eu tivesse invadido aquela casa, primeiro pelo quintal, depois pelo menino dela, corrompendo sua virgindade, sugando ele pra dentro de mim, quando ela resolveu falar comigo sobre o que eu queria ser dali a um ano quando a escola acabasse, não gritei, mas tive vontade de gritar que meu desejo era ser mãe do neto dela, deste aqui que tá dentro da minha barriga, da minha barriga, por isso posso fazer o que bem entender com ele, diferentemente do pau do seu menino, não falaria pinto, mas pau, pra ela saber que em vários momentos, enquanto o filho dela gemia dentro de mim, eu também urrava no silêncio sentindo aquele órgão que vi crescer dentro e fora de mim, todo lambuzado, que a gente limpava com a camiseta dele que você lavava, tia, primeiro com figuras de desenhos animados, deixando o cabelo do pica-pau duro com aquela porra seca, o pica-pau do seu filho dentro de mim, depois com bandas de rock e guitarras que ficavam apontando pra fora do cesto de roupa suja, duras iguais ao pau do seu filho na minha boca, ria quando a via pegando aquelas roupas que poderiam ficar em pé sozinhas, empapadas pelo nosso líquido, que era nosso porque com o tempo, com os anos, tia, também comecei a molhar o seu lençol, o lençol dessa casa que você nunca me deixou chamar de minha, mas que molhava, primeiro de choro, de tanto chorar com a cabeça enfiada no travesseiro pra ninguém ouvir, depois de gozo, de pura porra mesmo, porque também vazei nessas camas todas aqui, inclusive na sua, muitas vezes, nesse sofá que você não deixa meu irmão colocar o pé, mas que passei a bunda, sem calcinha, toda molhada por causa dos beijos que seu menino me dava, primeiro na boca, com uma língua macia que me fazia ter vontade de arrancar todos os fios de cabelo dele, depois nos meus peitos, esses que você dizia que eram pequenos demais pra minha idade, mas que cabiam direitinho na boca dele, com a língua mais dura, com a língua do seu menino que foi aprendendo a conhecer meu corpo, este corpo que você ainda se recusa a olhar, ele foi desbravando, com a cara dentro da minha boceta, tia, essa que você dizia que se não lavasse direito não arrumaria namorado, com esse cheiro que tantas vezes você deve ter sentido quando chegava em casa de repente, na sua casa, eu corria pro banho enquanto ele abria a porta e te enchia de beijos de boceta mal lavada, agora, esta barriga, era o que queria ter dito naquele dia, que você passou anos comparando com a sua, dizendo que na sua idade a sua não era deste tamanho, agora vai crescer de verdade, debaixo deste teto, carregando seu sangue e toda a porra que bebi do seu menino.

No dia seguinte, um dia depois que deixei o hospital, liguei pro número que Joana tinha me passado, lembro que ainda pensava no que diria quando ela atendeu, rápido, nos primeiros toques, meio esbaforida, como se tivesse interrompido alguma tarefa pra me atender, por isso cheguei a perguntar se não estava atrapalhando, sou eu, lembra?, ela riu, claro que sei quem é você, e logo quis saber como eu estava, antes mesmo que pudesse perguntar sobre a velha, mas eu disse sua mãe, me fala da sua mãe, como foi a cirurgia?, ela contente, acho que mais aliviada do que contente, começou a contar que estava ótima, quer dizer, não ótima, mas se recuperando, sabe como é gente de idade, mas deve sair logo, nenhum coágulo, braço bom o seu, elogiou meus músculos, que contiveram os miolos da velha, chegou a falar do tratamento e das medicações, eu não dava nenhuma atenção, embora respondesse a tudo de imediato, citando deus e outras figuras que poderiam ser da bíblia, mas também poderiam não ser, e antes do terceiro salmo propus um café, queria ver sua mãe, será que incomodo indo ao hospital?, as visitas, não sei como funcionam, claro que não, Joana falou, ela vai ficar feliz em te ver, mas ainda está muito confusa, minha nossa, muito, não lembra de nada, é só você não levar a mal, tá fazendo cada confusão, ela disse, marcamos pra uns dois dias depois, não lembro, mas apareci no hospital no horário marcado, ainda levei um bolo, que ficou com a moça da recepção, mas consegui entrar, contar pra Joana do bolo, que pena, ficou lá com a moça, consegui ver a velha meio de longe, cabeça branca, já sem sangue, os miolos todos lá dentro, os que sobraram, porque alguns escorreram pelas minhas axilas, fomos tomar um café no bar, um boteco sujo ao lado do hospital, ela contou de novo do tratamento, de novo não prestei muita atenção, mas e o trabalho?, como você tá fazendo com o trabalho?, perguntei, ela respondeu que o pessoal da casa em que ela trabalhava era muito legal, a Cinthia, ela disse, minha chefe, tá me dando a maior força, mulher boa, precisa ver, amanhã ou depois já volto, meus outros velhinhos, ela dizia que eram dela os velhos da casa, também precisam de mim, mas e você?, me diz, a Joana lembrou que não sabia até aquele momento o que eu fazia, veja só, você nem sabe, tô acabando o curso técnico de cuidadora de idosos, precisando de emprego, precisando trabalhar, não vejo a hora, o acidente acabou atrasando um pouco as coisas, mas tudo bem, já passou, agora vou começar a procurar, e esse nosso encontro, né?, logo você, que trabalha em uma casa de repouso, vai poder me dar dicas, se não for te incomodar, claro, muita coincidência, falei, se bem que minha mãe dizia que não existe coincidência, ela concordou, não existe, é providência divina, minha filha, tô toda arrepiada, ela falou juntando as mãos ao peito como se fosse rezar, mas não chegou a fazer isso, só disse que não podia garantir nada, certeza não posso te dar, mas meu coração tá dizendo que vai dar certo, se você me autorizar, se quiser, posso conversar com a minha chefe, quem sabe ela tem uma vaga?, moça nova igual a você, disposta e com essa cara boa, Deus tá no comando, minha filha, Joana ia falando enquanto eu fingia comoção, e como não sabia onde enfiar as mãos, o que fazer com as mãos enquanto ela falava sem parar, decidi num ímpeto, numa coisa sem explicação, abraçá-la, juntando a mulher no meu peito, ela e as mãozinhas cruzadas, pra não perceber que eu não estava chorando, um molhado de suor tomava meu rosto, fui concordando é providência, obrigada só por fazer isso, por falar com ela, tomara que dê certo, esse emprego me ajudaria muito, mais do que você pode imaginar, eu disse.

Assim que consegui o trabalho, passei a alugar um quarto na casa de um casal de velhos que consegue se limpar e tomar banho sozinho, logo que cheguei pra me apresentar, digo, no dia em que fui conhecer o seu Leopoldo e a dona Jacira encontrei também com o filho deles, que devia estar lá pra garantir que eu não mataria os dois pra ficar com as louças que ganharam de presente de casamento, comecei contando da faculdade, achando que minha formação poderia me conferir algum tipo de relevância, mas o filho do casal de velhos mal me olhava, até que resolvi dizer que tinha começado um trabalho ali perto, sério, onde?, ele quis saber, na casa de repouso, conhece?, na rua sem saída, claro, a gente já esteve lá, né?, disse cutucando a esposa que estava ao lado dele fazendo qualquer coisa no celular, a partir daquele momento começamos a conversar, ele que não tinha me perguntado nada, quis saber sobre minhas funções na casa, se gostava do que fazia, quantos pacientes tinham, se era cansativo, será que ele tá achando que vou trocar a fralda dos pais dele?, segui explicando até conseguir me livrar de um fiador no contrato, não tenho ninguém aqui, começando um emprego novo, fui dizendo, ele concordando com tudo, foi logo me dando a cópia da chave, pode ficar, falou, mesmo sabendo que só me mudaria na outra semana, mas vai que precisa trazer algum móvel, obrigado, disse já saindo com a esposa a tiracolo, me deixando parada no meio da sala ao lado dos velhos que mal tinham escutado meu nome, mas sorriam, aproveitei pra pedir licença, conhecer melhor meu quarto, uma janela que dava pros fundos do sobrado, numa rua cheia de bares e restaurantes, uma barulheira, gente velha não ouve bem, pensei logo que me mudei pra lá, mas eu ouvia, e isso atrapalhava ainda mais meu sono, esticava as noites de leitura, aprofundava minhas olheiras e o interrogatório da Madalena quando eu aparecia pra trabalhar com cara de quem não tinha dormido a noite toda, colocava a culpa no cansaço, é dor nas pernas, o dia todo em pé, ia desconversando, o que eu precisava com aquela casa, quer dizer, com o quarto naquela casa, era convencer a dona Cláudia da minha integridade, e deu certo, digo, foi importante porque essa foi a primeira coisa que ela disse, foi a primeira coisa que a dona Cláudia disse pro Caio assim que cheguei pra entrevista de emprego, que a moça mora com um casal de idosos, aqui perto, bom, né?, não tem filhos, não fuma, já foi me colocando um café, além de tudo trabalha naquele asilo, asilo não, casa de repouso que fala, né?, que a gente chegou a ver pra sua mãe, foi lá que me indicaram o nome dela, uma tal de Joana, sua colega?, ela perguntou, mas continuou falando sem esperar minha resposta, gosta muito de você, acho que a gente ainda tem que pensar nisso, viu?, de colocar dona Yolanda lá, mais pra frente, um lugar com mais estrutura, falou olhando pro marido, mas senta, senta aqui pra tomar seu café, qual seu nome mesmo?

Ainda não tinha pegado o diploma do curso técnico quando Joana me ligou pra contar que tinha conseguido uma entrevista pra mim na casa de repouso, já dei seu nome e telefone, ela disse quase gritando do outro lado da linha, deus te pague, Joana, muito obrigada, espero que dê certo, ela exultante, vai dar, moça boa, falei pra Cinthia, ela ficou emocionada com a história, ela também é devota, uma fé danada, disse que foi um encontro mesmo pra salvar a minha mãe, a minha mãezinha que só está aqui hoje por sua causa, Joana falava sem parar enquanto eu começava a questionar essa coisa de deus nisso tudo, nem mesmo nas noites em que passei em claro pensando em como faria pra entrar naquela casa, como faria pra conseguir uma vaga naquele lugar sem uma referência, foram dias na porta, dias em que fiquei parada do outro lado da rua vendo as pessoas entrarem e saírem, alguns de ambulância, é verdade, alguns que nunca mais voltaram, mas quando vi a Joana pensei que poderia dar certo, não sei se pelo jeito dela de cobrir a barriga com a blusa toda hora, que nem eu fazia quando era menor de tanto minha tia falar essa barriga eu não tinha na sua idade, menina, não sei se por isso ou pelo fato de que a Joana sempre fazia questão de se demorar nas despedidas, sempre distribuindo beijos pros velhos que estavam entrando, voltando de algum exame, talvez, ou pra algum funcionário, passando a mão na cabeça e olhando nos olhos, será que vai beijar na boca?, eu pensava, mas era só carinho, a Joana gostava de fazer essas coisas, ainda hoje gosta, é do tipo que tem amor pelas pessoas, embora seja língua solta, fofoqueira, isso ela é, como descobri depois, mas acho que foram esses os motivos que me fizeram escolher ela, talvez o próprio deus, não o meu, o dela, esse que faz coisas boas pras pessoas, pode ter sido ele que me soprou no ouvido escolhe ela, filha, um sinal depois de tantos anos, alguma coisa boa pra dizer que não tinha esquecido de mim, e foi assim que decidi seguir a Joana, e como imaginaria que meu braço, meu braço direito que passou uma vida batendo punheta, salvaria miolos, ou parte dos miolos daquela velha que era mãe da Joana?, ela continuava falando de como estava feliz, eu também, também estou muito feliz, prometo fazer tudo certo, pode deixar, falava pra ela, e a sua mãe, por falar nela, ainda está morando com você?, estiquei a conversa mesmo sem interesse porque precisava saber mais da casa, da Cinthia que nem sabia ainda que era com têagá, se precisava usar uniforme, embora com a minha vigília ali na frente eu soubesse exatamente como as pessoas se vestiam, mas precisava que Joana falasse mais, me convidou pra uma visita, vem na minha casa, ela disse, você aproveita pra ver a mãezinha, ela vai ficar feliz, foi assim que no dia seguinte estava plantada na frente da casa dela, daquela casa que tinha procurado por quase dois dias, acho que um dia e meio pra dizer a verdade, mas por culpa da criança na porta da venda, a criança que me fez tropeçar, do moço da perua, que parou o carro bem na hora em que ia atravessar, e de um deus gente boa que deve ter me ajudado também, por causa deles que perdi a Joana de vista e só fui encontrar depois, uma cabeça que tapava o sol, me agradecendo por ter salvado sua mãe.

O paciente do leito 27 já tinha sido o paciente do 34, depois do 31, foi durando, sobrevivendo, logo que comecei a trabalhar na casa de repouso ficava numa outra ala, ainda conseguia se alimentar sem sonda, mesmo com a cabeça querendo cair pra frente, em cima do prato, uma franja submersa em caldo de galinha, era isso que aconteceria se não controlassem o homem, não o segurassem pela testa pra conseguir enfiar algumas garfadas goela abaixo, era levado de um lado pro outro numa cadeira de rodas, sem falar nada, é claro, mas ainda assim ocupando um espaço que geralmente era destinado pros pacientes que tinham mais potencial, não de cura ou de alta, isso não faria nenhum sentido, mas aqueles que poderiam pagar os carnês por mais tempo, aparentemente durariam mais, um pouco pelo viço da pele, mas principalmente pela falta de um quadro clínico muito comprometido, só umas babas que escorriam aqui e ali, algumas vezes o 27 chegava a se aventurar pelo jardim dos velhos, tomava banho de sol e espumava absorvendo alguma vitamina D, mas com o tempo foi piorando e encaminhado pra parte de cuidados paliativos, e, tadinho, tá assim agora, disse pra Cinthia no dia em que me arrastou pra sala dela querendo falar dele, assim que a pedra foi lançada no lago, a pedra grande que não lembro quem arremessou, uma onda de perguntas começou a ser despejada em cima de mim, algumas coisas eu dizia não lembrar, outras não saber, mas consciência, não, expliquei pra ela que desde o dia em que vi o paciente pela primeira vez ele não tinha nenhum sinal de lucidez, cognição nenhuma, Cinthia, respondia com termos técnicos que a gente costumava usar pra dizer que entre um melão e um determinado paciente a diferença era mínima, mesmo assim a gente cumpria um rigoroso protocolo de atividades voltadas à plasticidade cerebral, falava enquanto ela anotava uma porção de coisas numa ficha, com uma letra miúda que não me permitia ler nada, pigarreava indicando, continue, pode continuar, mesmo não tendo mais o que dizer, mais nada a acrescentar, cheguei a lembrar dos passeios que fazíamos, sim costumava acompanhá-lo na saídas, respondia, explicando que ele parecia feliz naqueles momentos, que eu não sabia se aquelas atividades faziam melhor pra ele ou pra mim, ela concordava sem tirar os olhos do papel, daquela espécie de ficha que ia preenchendo, sobre os parentes, ela voltou a perguntar, você conhece algum familiar desse paciente?, expliquei que até onde sabia ele havia sido registrado no nome de uma enfermeira, foi ela quem trouxe ele pra cá, pelo menos foi o que me disseram, eu explicava, antes de eu chegar, você já estava aqui, Cinthia, não lembra disso?, sim, sim, eu lembro, ela respondia, só estou tentando confirmar algumas coisas, porque me intriga a questão dos parentes, sabe?, sei, é uma tristeza, além de todo sofrimento, nunca apareceu ninguém aqui pra vê-lo, nem pra saber como ele está, nem uma ligação, nada, eu falava sem parar, tentando entender aquela conversa, mas é tão comum, dizia como se tivesse de explicar pra gerente daquele lugar que é assim mesmo, até porque a gente não sabe o que esses velhos fizeram antes de chegar aqui, pensava, sem falar, claro, mas o que aconteceu, Cinthia?, finalmente consegui interromper, arrancar aquela pedra enorme do meio do lago, perguntar por que ela estava tão interessada nesse paciente, o que houve?, só depois disso, talvez por conta da pedra que tirei de lá, ela falou que tinham ligado do hospital pra dizer que ele estava tentando falar.

Quando o carro dele apontava na porta da casa da minha tia, eu já estava ali há um bom tempo, mas esperava ele buzinar pra gritar pro meu irmão, desce, o papai chegou, só então saía em direção ao carro, deixando pra trás o vulto da minha tia reclamando de alguma coisa ou comentando que pra comprar carro novo ele tinha dinheiro, e embora adorasse estar ali perto dele sentindo seu cheiro, porque nisso minha tia tinha razão, ele estava cada dia mais chique e perfumado, ainda preferia o momento em que estava sozinha olhando pra ele pela janela, quando papai não sabia que eu estava lá, abaixava o espelho, arrumava o cabelo ou alinhava a gola da camisa, queria parecer ainda mais bonito na nossa frente, e num dia desses, em que apareceu pra pegar a gente pro fim de semana, estava diferente, ainda mais cheiroso, pensei que seria naquele dia que nos contaria que conseguiu arrumar a nossa casa, que tinha juntado dinheiro pra nos levar com ele, sabia que papai estava querendo dizer isso de um jeito especial, não dentro do carro, com a música alta, atrapalhando tudo, por isso quando disse que a gente ia comer num lugar novo, tive certeza de que seria naquele dia, fiquei olhando pra cara do meu irmão, dando umas olhadas pra trás, porque estava no banco da frente, pensando que ele nem tinha se dado conta daquilo, era mesmo tão distraído que nem percebeu o que aconteceria, se tivesse me olhado de volta, visto que tentava falar com ele, teria feito uns sinais pra que ele também soubesse o que papai queria com tudo aquilo, uma lanchonete, ele disse, papai falou que ia nos levar pra comer o melhor lanche da cidade, não conta pra sua tia, ele falou, porque ela reclama que dou muita porcaria pra vocês, acredita que ela tá preocupada que vocês virem dois bolos fofos?, sorria tentando bater com o braço na perna do meu irmão, tentando chamar a atenção dele pra dizer que tinha acabado, que nossa vida mudaria nos próximos minutos ou horas, a depender do tempo que papai aguentaria guardar aquele segredo, mas estava tão ansioso, parecia tão ansioso que cheguei a pensar que pudesse falar antes mesmo de entrarmos no restaurante, na lanchonete com o melhor lanche da cidade, mas ele era bom em guardar as coisas, papai sabia como ninguém esconder notícias importantes quando queria, então já fazia um tempo que estávamos lá, minha fome quase passando, mais por conta da aflição, da agonia de ouvir logo o que eu já sabia que ele diria, meu irmão batendo o cardápio na mesa, pedindo pro garçom o de sobremesas, mesmo antes da comida chegar queria escolher o doce, que ideia!, papai chegou a brincar com minha demora dizendo que era culpa da minha tia, ela está preocupada em ficar com uma banha aqui, disse pro meu irmão apertando a lateral da minha barriga, eu tentando puxar a calça, não sei, papai, ainda não escolhi, falava, acho que ele se cansou de esperar porque também estava ansioso, disse agora vocês não vão mais poder ficar comendo tanta bobagem assim, e vão ter que pensar bem nas coisas que falam e fazem, porque a responsabilidade de vocês vai aumentar, ele disse, chutava meu irmão, tentava cutucá-lo com os pés por baixo da mesa, piscava pra mostrar que papai ia dizer que teria que nos deixar sozinhos na casa nova às vezes pra ir trabalhar, eu cuidaria do meu irmão, ria pensando nisso, mas ele me olhava sem entender, chegou a dizer, para de me chutar, papai chamou nossa atenção, sem ficar bravo, ainda muito feliz, vocês não poderão mais ficar brigando assim, viu?, agora terão que dar o exemplo pro mais novo, que vai chegar e querer copiar vocês, falou pegando a taça de milkshake, parabéns, vocês vão ganhar um irmãozinho.

A casa da Joana ostentava uma simplicidade elegante, que reputo mais à limpeza do que aos vasos de flores artificiais espalhados pela sala, às cortinas estampadas ou ao sofá, coberto por uma capa laranja que parecia estar em guerra com o tapete de elastano, o piso reluzia toda claridade que escapava pela janela, cheguei a procurar, não com tanto afinco pra dona da casa não perceber, mas tentei achar uns fios de cabelo, umas pelotas de pó que contestassem aquele capricho, nada, não encontrei nada que depusesse contra a Joana dona de casa e sem empregada, que além de tudo trabalhava fora e cuidava da mãe que se recuperava no andar de cima do sobrado, ficar olhando pro piso só me fez ter certeza de que cruzar a sala de saia ou vestido seria o mesmo que desfilar de calcinha em cima de um espelho, naquele momento lembrei da minha mãe dizendo que aquilo que eu vestia não era roupa de menina, enquanto me enfiava uma saia pelo pescoço enchendo meus olhos de água, tive vontade de subir na capa laranja do sofá e gritar ainda bem que não vim com roupa de menina, mãe, porque seria horrível que a Joana soubesse, logo agora que me arrumou um emprego na casa de repouso, que gosto de andar sem calcinha, mas não cheguei a fazer isso, claro, fiquei ali esperando a Joana servir o bolo e logo depois sair pra pegar alguma coisa, quando voltou segurava um embrulho, sentou ao meu lado agradecendo de novo, segurando meu braço pra dizer que já não tinha pai, imagina como seria ficar sem ela também?, sem minha mãezinha, já um pouco emocionada foi limpando as lágrimas com o pano de prato, acho que era isso que ela segurava, se desculpou dizendo que era chorona mesmo, me empurrando um pacote, o pacote que tinha trazido de lá de dentro, toma, comprei pra você, só uma lembrancinha, quando consegui rasgar o papel metálico pude ver o jogo de xícaras, com seis ou oito unidades, todas com inscrições que determinavam pra que cada uma servia, chá ou café, na hora pensei será que se colocar café onde está escrito chá a xícara vai se espatifar no chão?, lembrei da minha mãe que adorava essas coisas de casa, mesmo sabendo que meu pai detestava voltar pra lá, praquele chão tão limpo e praquela pia sem louça, de que adianta?, tive vontade de perguntar muitas vezes pra ela, se ele prefere as pernas das mulheres hidratadas do que as suas que ficam cansadas de organizar esta casa?, agradeci a Joana e repeti que não precisava, não devia ter tido trabalho comigo, eu é que estou feliz pela oportunidade que você me ajudou a conseguir.

A Cinthia pode ter vários defeitos, mas sempre levou o trabalho a sério, talvez a sério demais, ficava pra cima e pra baixo carregando pastas, preenchendo planilhas, perguntando sobre os pacientes, se atualizando de cada coisa que acontecia naquele lugar, qual era, então, o sentido de me arrastar pra sala dela me inundando com perguntas, fazendo anotações, escrevendo com letra miúda numa ficha, como se estivesse dando respostas, esclarecendo fatos sobre o paciente do leito 27?, mas só pensei nisso muitos dias depois de ter saído da sala dela levando comigo todo desconforto daquela situação, porque naquela hora eu só pensava se seria mesmo possível uma pessoa idosa como ele, tantos anos sem qualquer comunicação, voltar a falar, só podia ser um erro grave de algum enfermeiro que gostava de usar o diminutivo com os velhos, igual a Joana, que quando via os velhinhos deslocarem as bochechas um pouco pra cima supunha que estivessem rindo, interagindo, ignorando que é a única forma que eles têm de arrumar a dentadura, provavelmente era isso que tinha acontecido com o paciente do 27, um velho prostrado, pensavam o quê?, que tinha decidido fazer uma palestra no hospital depois de mais uma infecção urinária?, cheguei a ter vontade de rir imaginando ele retomando os sentidos, arrancando a fralda, correndo pelo hospital perguntando pelo bar mais próximo, que ano é hoje?, enquanto tentava achar uma cueca, se atualizar sobre a tabela do Campeonato Brasileiro, olhando pro seu pinto murcho se movimentando como um pêndulo entre as coxas, será que ainda funciona?, deveria ter se perguntado, já com a roupa, depois de ter improvisado uma saída mais digna com a calça verde que encontrou na porta de uma sala de descanso dos médicos, alcançaria a calçada em busca de um táxi ou de uma bicicleta, com pressa, pra recuperar os anos perdidos, ainda sob efeito dos medicamentos e da dor das escaras desistiria na primeira esquina, apoiado no segurança que tinha corrido atrás dele dizendo que era preciso assinar os documentos de alta médica, mais ou menos na parte em que imaginava o paciente do 27 recuperando o fôlego enquanto as pessoas que passavam na rua olhavam assustadas praquela cena, a Cinthia com têagá me chamou perguntando se eu estava escutando o que ela falava, tá me ouvindo?, ela dizia, claro, desculpa, mas então, ela insistiu num tom já menos pacificador, você pode ir comigo até o hospital hoje à noite?, porque tinha conseguido localizar um parente, de quem?, quis saber, parente de quem?, o filho dele, consegui falar com o filho do paciente do 27, quer dizer, ele entrou em contato com a gente, com a casa de repouso, a Cinthia falava, acredita que ele não sabia que o pai, o próprio pai, estava internado?, foi registrado pela enfermeira, lembra?, isso você mesma me disse, eu concordava, sim, sim, você já trabalhava aqui, Cinthia, deve ter acompanhado a entrada dele, mas ela ignorou essa parte, a parte em que eu tentava dizer que ela também deveria saber disso, que o 27 deu entrada com uma enfermeira, sem nem um parente, como você sempre o acompanha acho que vai conseguir passar tudo com mais detalhes pro filho, ela ia usando termos médicos, palavras que nem costumava dizer, enquanto eu imaginava como seria bom se ele caísse em cima da cabeça dela, o quadro pendurado atrás da Cinthia, que não parava de falar, se despregasse da parede golpeando sua nuca, fazendo sua cabeça desmoronar em cima das fichas médicas e de todas as anotações.

Depois de uma semana procurei um hospital pra confirmar se o procedimento tinha dado certo, era isso que elas orientavam no fórum anônimo da internet, chegavam a escrever em letras maiúsculas pra garantir que a gente entenderia, que as meninas e mulheres que estavam ali participando daquelas conversas tivessem consciência do risco caso uma parte ficasse dentro da gente, e falavam em morte por infecção generalizada, e só lá, no hospital, vão poder confirmar isso, não pode passar de uma semana, nem pode ser muito antes, contei sete dias, marquei num calendário e apareci lá sozinha, no pronto-socorro adulto, andando, cheguei caminhando, não muito rápido nem muito devagar, encostei no balcão dizendo que precisava ver um médico urgente, meu bebê, dizia, acho que ele não está bem, falando assim parece até que foi simples, mas meus cotovelos empurraram pelo menos uma dúzia de pessoas antes de encontrarem o balcão, meio juntos, um batendo no outro enquanto uma das mãos descia na direção da primeira moça que vi do outro lado, que não consegui alcançar de primeira, nem de segunda, mas na terceira vez, já quase aos berros, pude pegar pelo pulso pra dizer que precisava ver alguém urgente, qualquer médico, dizia, assim que percebeu o que estava acontecendo, que se deu conta de que eu poderia estar perdendo meu filho, talvez por ser mãe, mas isso ela não me disse, resolveu me ouvir, foi abrindo caminho entre as pessoas pra me levar pra uma sala, enquanto cruzava com os corpos distribuídos pelas cadeiras e macas do corredor, talvez todos ali precisassem mais de atendimento do que eu, mas que culpa tinha se eles não haviam usado as palavras certas?, as sílabas, que no meu caso foram só duas, be-bê, depois de pouco mais de duas horas uma outra mulher, uma outra moça que não devia ter experiência com o atendimento da recepção, porque falava muito mais que a primeira, me chamou numa sala, logo que entrei percebi que tinha mais duas ou três pessoas em pé, ao lado dela, pode fechar a porta, um deles me disse, senta aqui, enquanto puxaram uma cadeira, por alguns minutos aquele hospital nem parecia mais a zona de guerra que encontrei logo que cheguei, além de cadeira me deram um copo de água, meio quente, que bebi numa golada só, a garganta seca, mais seca do que meu útero, mas isso só soube quando uma delas disse infelizmente você perdeu o bebê, as outras pessoas que estavam na sala também começaram a falar, a fazer perguntas, enquanto eu lembrava o que as mulheres do fórum diziam, que se tudo desse certo o hospital iria confirmar o aborto, aquele era o momento em que eles anunciavam que tudo tinha dado certo, aquelas pessoas da sala me diziam que eu não morreria de infecção generalizada, que não precisariam enfiar objetos metálicos na minha vagina pra arrancar as partes que tinha sobrado do bebê, como aconteceu com uma moça do grupo que ficou internada mais de quinze dias por conta dos restos, e mesmo assim, mesmo depois disso, não resistiu, por isso elas deixavam escrito tudo em caixa alta quando o assunto era ir ao hospital depois de uma semana, ficava pensando em como ela tinha se sentido, a moça que demorou a ir pro hospital, que só foi parar lá depois de uma hemorragia muito séria, mesmo eles arrancando os restos de filho que ela tinha dentro dela não deu, pra nenhum dos dois, quando eles começaram a me fazer perguntas foi difícil primeiro decifrar as palavras, que chegavam mais lentas no meu ouvido, talvez pelo barulho que fazia lá fora, provavelmente pelo que acontecia dentro de mim, mesmo sem as sobras, como você está se sentindo?, uma moça perguntou, sem dar tempo de eu responder a um homem que parecia ser médico, mas se comportava como um investigador de polícia, emendou falando você queria mesmo esse filho?, respondi que sim, só sim?, ele disse, você acabou de perder um bebê, não quer dizer mais nada?, tentava lembrar se na internet elas indicavam algum discurso depois do diagnóstico clínico, nada me ocorria, muito menos qualquer coisa escrita em letra maiúscula, levantei e disse preciso ir embora, estava cansada, queria ir pra casa, não tem necessidade de chamar ninguém, tem gente me esperando lá fora, onde?, eles quiseram saber, a gente te acompanha, agradeci me desvencilhando, tentando entender o que aconteceria na sequência, e agora?, isso só fui descobrir muito depois, porque no grupo elas não falavam, nem em letra minúscula nem em maiúscula, mas mesmo quem é dispensada da curetagem também precisa lidar com o resto.

Na última semana de aula quase ninguém apareceu na escola, quer dizer, ninguém cruzou o portão de entrada, sobrou um ou outro aluno, mas os bares do entorno estavam lotados, uma briga enorme, deu polícia e tudo, uma saideira épica, todo mundo foi convocado pra uma conversa no pátio, a diretora disse que nosso futuro agora, a partir daquele momento, estava nas nossas mãos, na minha só tinha um passe de ônibus e um misto quente, lembro disso porque uma das minhas amigas, a minha melhor amiga, chegou a dizer você tá fodida, nós rimos juntas por um bom tempo, primeiro mais baixo, depois alto, mais alto, chamando a atenção de quem estava logo ao lado, mas que não fizeram qualquer associação com a coxinha ou o pão de queijo que tinham nas mãos, nossas lágrimas escorrendo sem controle, um riso gritado, a gente se apoiando uma na outra sem conseguir parar de rir, naquele pátio com aquelas pessoas estranhas, cada vez mais gente nos olhando, o sanduíche já sufocado contra a boca, contra o nariz, tentando conter a risada que se espalhava, uma onda de constrangimento, você tá fodida, ela disse, a minha amiga mais próxima, que nunca soube da minha mãe no banheiro, foi coração, eu disse, mas prefiro não falar disso, passamos anos desviando do assunto, uma válvula que não sei o nome entupiu, respondia quando a pergunta voltava, um boomerang que a gente ficou arremessando, ora sobre minha mãe, ora sobre o pai dela, internado semana sim semana não, estômago, ninguém sabe o que é, ela dizia, mas as pessoas na escola sabiam, falavam que ele era drogado, pelo menos não tenho um pai drogado, elas diziam, a gente ria, primeiro mais baixo, depois alto, como naquela hora, gritando, enxugando as lágrimas, não consigo parar, eu também não, a gente sabia que não era o lanche, não era culpa do sanduíche que eu carregava, nem do elástico na mão dela, um elástico de cabelo, mas a gente tava fodida, talvez por isso, depois do último dia de aula, fomos nos afastando, não por culpa do entupimento da válvula de nome difícil que nunca lembro, nem pela doença grave, muito grave mesmo, que o pai dela tinha, não sei explicar, prefiro não falar, você entende?, a gente foi se afastando, nunca mais tivemos contato, até aquele dia no hospital, até o dia em que acompanhei a Cinthia com têagá pra ver o paciente do leito 27 que tentava falar.

Nos raros momentos em que estava em casa, o marido da dona Cláudia passava a maior parte do tempo enfiado no quarto vendo TV ou brigando com a mulher, isso a gente sabia porque tanto eu como a Madalena conseguíamos ouvi-lo falando numa voz mais alta do que o normal, quase sempre respondendo a alguma provocação dela, era isso que ele gostava de dizer, ela não sossega até me tirar do sério, até a hora de eu perder a cabeça, o Caio ameaçava saindo do quarto, batendo as portas que encontrasse pelo caminho, torcia intimamente pra que ele esbarrasse com a mãe num desses arroubos e, de repente, resolvesse arremessar umas coisas em cima dela também, mas a velha nunca estava por perto quando essas brigas aconteciam, quase sempre dormindo ou fingindo que dormia, isso não tem como a gente saber, né?, chegava a comentar com a Madá, que me respondia com um arquear de sobrancelhas, indicando deixa de besteira, dona Yolanda não tem consciência de nada do que acontece aqui, mas nunca acreditei nisso, não inteiramente, sempre desconfiei da apatia daquela mulher, não da Madalena, que sempre foi íntegra e apegada à sua irrelevância, nem da dona Cláudia, que, afeiçoada ao desinteresse pelo próprio marido, e mais por preguiça do que por falta de ímpeto, deixava ele açoitar batentes e marchar sobre o piso, mas digo da velha Yoyô, que entre o diagnóstico de debilidade cognitiva e sua explícita fraqueza de caráter, sempre fiquei com a segunda opção, talvez o Caio, acho que até o Caio inferiu coisas parecidas, por isso mal parava na própria casa, mais pra evitar a mãe do que a mulher e o filho, fujão como o outro, muito parecido com o outro.

Logo depois de dizer que seria pai novamente, quer dizer, que ganharíamos um irmãozinho, o que pode parecer a mesma coisa, mas hoje sei que não é, no dia daquele jantar em que achei que ele nos chamaria pra morar com ele, pra ocuparmos o quarto que tinha arrumado nos últimos meses, pensando que diria foi por isso que demorei esse tempo todo, arrumando o quarto de vocês, naquela noite, o lanche que não tive tempo de pedir voltou e me fez correr pro banheiro antes que aquele líquido quente que fez minha boca inchar pulasse na mesa, sujando a camisa do meu pai e demonstrando que eu não tinha maturidade pra dar exemplos pra ninguém, ainda mais pra um irmãozinho novo, consegui chegar a tempo no banheiro, colocar aquilo tudo pra fora, quando ele quis saber o que tinha acontecido, só consegui pedir desculpas, pelo vômito, logo hoje, pai, ele me acalmou dizendo não tem problema, faremos isso muitas vezes ainda, enquanto pensava se ele estava falando de novos filhos ou novas lanchonetes, como meu irmão não passou mal, como não teve vontade de colocar tudo pra fora, esperamos que pedisse a comida, as fritas, que ele e meu pai dividiram, enquanto pensavam em nomes legais pro bebê, rindo muito os dois, discordando às vezes, porque as sugestões pareciam de viadinho, você só consegue pensar em nomes de viado, meu pai dizia, meu enjoo crescendo, mais por causa do nosso quarto que ele não citava do que do cheddar, do queijo derretido do lanche do meu irmão, que escorria pelos dedos e pelo canto da boca dele, enquanto coisas maiores iam sendo desperdiçadas naquela mesa, não os guardanapos, que poderiam ser repostos a qualquer momento, papai insistia me empurrando o cardápio, e a mãe?, pensava, quem era a mãe do nosso novo irmãozinho?, não tive coragem de perguntar por medo do líquido que poderia voltar a tomar conta da minha boca, igual acontecia com o Ivan quando me mandava beber tudo, já no portão da casa da minha tia, antes de descermos do carro, ele falou que a gente ia gostar muito dela, da nossa madrasta, ela está passando por uma situação difícil agora, tendo que resolver algumas coisas, mas no tempo certo, no melhor momento, vocês irão conhecê-la, apesar de você, meu pai me disse sorrindo, apesar de você já saber quem ela é.

Fiquei sabendo do meu nome no jornal pelo Ivan, que jogou em cima da mesa do café da manhã a página recheada de letras miúdas dizendo o seu tá aí, o meu não, parabéns, e subiu as escadas correndo, chorando, enquanto minha tia tentava se desvencilhar do avental como se pra ampará-lo fosse preciso estar mais arrumada, um abraço de consolo sem restos de comida, ao mesmo tempo em que ia desferindo contra mim um olhar de quem não estava entendendo nada, de quem não podia acreditar que o nome do filho não estava lá, ainda mais depois de o meu estar, chegou a dizer deve ter alguma coisa errada, cuidado que esses jornais sempre se enganam, só estou dizendo isso porque não quero vê-la chateada depois, subiu deixando pra trás um clima de tristeza que me fez pensar se o fato de ele não ter passado no vestibular poderia ter mesmo alguma coisa a ver comigo, era o que o clima de culpa que ela deixou sobrevoando os pães franceses e os copos de café com leite denunciava, só depois que parei de ouvir seus pés batendo contra os degraus é que tive a ideia de conferir o jornal, procurar meu nome naquela lista, foram necessárias duas ou três batidas de olho pra achá-lo em meio a tantos outros, quando tive certeza de que tinha conseguido comecei a gritar, chamei pelo meu irmão, saí pela porta do quintal, depois pelo corredor que dava pra sala, cadê você?, dizia já sem me preocupar com a altura em que falava, procurei em vários cômodos, fui até a lavanderia, corri, então, pro portão, pra porta da casa, mas a perua tinha acabado de passar, cheguei a vê-la dobrando a esquina, e fiquei ali, pro deleite dos vizinhos, uma menina de pijama, descalça, sozinha, talvez com restos de pão ao redor da boca, segurando um jornal no meio da calçada.

Poucos dias depois de conseguir uma entrevista pra mim na casa dos velhos, Joana caiu de cama, com muita febre e dor no corpo que ela dizia ser de cansaço, por causa da minha mãe, esse susto todo, ela lamentava, mesmo com a velha já em casa, com a cabeça intacta, os miolos no lugar, se é que podemos dizer isso sobre os miolos de qualquer pessoa, mas ela fez questão de me ligar pra se explicar, dizer que não poderia estar lá no meu primeiro dia e que sentia muito, não queria deixá-la sozinha, mas já falei com a Cinthia, ela é ótima, você vai gostar muito dela, disse que tinha certeza de que daria tudo certo, da fé, citando algumas parábolas, versos que pareciam ser bíblicos, mas poderiam não ser, amém, respondi algumas vezes, obrigada por tudo, se precisar de qualquer coisa com a sua mãe me ligue a hora que for, acrescentei torcendo pra não me ligar hora nenhuma, foi exatamente sobre isso que comecei falando na minha entrevista de emprego com a Cinthia, contando sobre minha amizade com a Joana, de como a vida ainda era capaz de me surpreender com encontros tão bonitos como aquele, mesmo numa situação quase trágica, a mãe dela no chão, acho que foi deus que me colocou naquele lugar, meu braço, que tanta punheta tinha batido serviu pra salvar a vida de alguém, mas a parte da punheta não disse, a Cinthia já comovida me dizendo que era assim mesmo, por essas coisas que não consigo desistir das pessoas, mas do cabelo você desistiu faz tempo, pensava olhando praquela coisa bagunçada, meio colada na testa, nem eu, dizia, sentindo seus olhos penetrarem cada vez mais fundo nos meus, não sabia se isso era bom ou ruim, e depois de um breve silêncio, de um tempo suficiente pra que notasse o quadro atrás dela, repleto de cavalos pequenos que não sei se eram pôneis ou apenas cavalos mal esquadrinhados como a Cinthia, que corriam num campo repleto de lavandas, tudo massacrado por um púrpura cintilante que mataria os franceses de desgosto, mais pela cor do que pelos cavalos que pisoteavam as flores, quando começava a me ater às camponesas, às moças que poderiam ser moços e também parecia que seriam atropeladas pelos minicavalos, Cinthia me disse estou curiosa pra entender por que uma moça como você, formada em Letras, tem vontade de trabalhar cuidando de idosos, tem ideia da dificuldade que esse ofício envolve?, o quanto ele exige da gente?, ela gostava de chamar a tarefa de massagear peles flácidas de ofício, nessa hora tive de abandonar as pastagens europeias pra me ater a um solo bem menos fértil, dizer que foi a vida que me fez gostar de cuidar das pessoas, primeiro da minha mãe, depois do meu pai, dez anos dedicados a isso, agora que eles se foram, os dois?, sinto muito ela disse, sim, sim, um atrás do outro, uma dor que não sei nem nomear, pensando agora acho que eles me prepararam pra isso, pra estar aqui, contava, num lugar em que possa dar esse mesmo amor pra pessoas que não conheço, mas que talvez precisem ainda mais, Cinthia cada vez mais emocionada, convencida de que tinha encontrado a pessoa certa pra uma vaga que acho que ela nem tinha, nossa, que difícil, ia dizendo coisas assim pra tentar me consolar, chegou a falar que Joana não tinha falado dessa parte, ela não me contou sua história, se soubesse da sua experiência nem teria te perguntado isso, aprender na prática, tantos anos, isso é valioso, arrematei dizendo que não quis mencionar isso, contar sobre a partida dos meus pais pra Joana que estava passando por uma situação tão complicada com a mãe, não comentei com ela, e se você puder fazer o mesmo, digo, se puder não dividir essa história, Cinthia, te agradeço, disse.

Quando deixei a casa da minha tia fui viver em um alojamento compartilhado com outros estudantes, a maioria de fora de São Paulo, minha saída deve ter sido um alívio coletivo, tirando meu irmão, que mesmo sem demonstrar acho que ficou preocupado de ficar sozinho ali, de se tornar o novo saco de pancadas da casa, mas isso ele nunca me disse, antes de se despedir fez questão de lembrar, isso ele fez no dia em que saí, você também nunca facilitou, foi assim que ele falou, até hoje me pergunto se falava do que começou com brincadeiras no quintal com Ivan e depois passou a ser uma rotina bem ao lado da cama dele ou de qualquer outra coisa que envolvesse o convívio difícil com minha tia, mas na época respondi agora vai ser mais fácil pra todo mundo, sem falar do espaço, foi isso que minha tia acordou falando no dia da minha mudança, vamos ter muito mais espaço sem os livros dessa menina, não sei pra que guardar toda essa tralha, peguei ela dizendo pro meu tio na mesa do café, enquanto me detive no pé da escada pra que não me vissem, coisa que fiz algumas vezes nos anos em que morei lá e da qual me arrependo, tem coisas que a gente não deveria saber, é o nervosismo que não deixa Ivan ir bem nessas provas, ela disse naquele dia, de um jeito ou de outro a saída dela vai ser boa, essa menina atrapalha a vida dele, sem dizer os motivos, por que, tia?, tive vontade de perguntar, meu tio tentou argumentar não é bem assim, mas ela mandou ele ficar quieto, como sempre fazia, você não conhece ela e muito menos seu filho, o que o fez imergir no silêncio que marcou sua existência dentro daquela casa, ela seguiu falando sobre uma coisa que chamava de sorte, uma sorte que ela e minha mãe nunca tiveram, ela dizia, porque a gente não podia levar esse tipo de vida, jogada no mundo como essa menina fica, continuou dizendo que ela e minha mãe tinham de ajudar em casa, cuidar dos irmãos, fazer comida, limpar tudo, minha tia sempre fez questão de destacar o quanto ela e minha mãe eram diferentes, ela tem a quem puxar, sangue não é vinagre, repetia, e sempre que ela dizia isso eu pensava na quantidade de saladas que minha mãe poderia ter temperado com o sangue dela, que acabou desperdiçado no chão daquele banheiro, a cantilena de sempre, que tanto ela reproduzia, sempre com as mesmas palavras, mas eu continuava escutando, talvez por saber que seria a última vez, por medo de sentir saudade, por isso continuei ali parada, só pra ouvir a voz dela, tão parecida com a da minha mãe, sangue não é vinagre, mesmo falando coisas tão diferentes das que ela dizia, quando já estava prestes a entrar na cozinha, minha tia disse ele ligou ontem à noite, meu pai havia ligado pra dizer que agora não mandaria mais dinheiro, a situação havia piorado muito, ela nem vai mais morar aí, ele disse, mais pra frente tento mandar alguma coisa pro menino, agora não dá, aquele merda, minha tia falava, nem pra isso serve, a menina mal colocou os pés pra fora e já veio com esse papo, como se tivesse ajudado com muita coisa nesses anos todos, então ele sabe que passei na faculdade?, pensava, continuei ali esperando que ela dissesse proibi ele de ligar pra ela, de vir até aqui, não quero que tenha mais contato com eles, se não serve pra sustentá-los, não serve pra dar presentinho porque passou na faculdade, mas ela não disse nada disso, começou a reclamar do botijão de gás que meu tio não tinha comprado, tenho que cuidar de tudo nesta casa, resolvi não tomar café da manhã naquele dia, naquela casa, nunca mais naquela casa, e fui terminar de arrumar as coisas que ainda conseguia arrumar.

O quarto da dona Yolanda tinha um aspecto diferente do restante da casa, parecia ser mais gelado também, uma corrente de ar frio invadia o cômodo pelos frisos da janela, pelos batentes da porta, pelos pequenos vãos entre os armários embutidos e o teto, que arrepiava meu corpo me obrigando a estar sempre metida em um moletom ou num agasalho que irritava muito a dona Cláudia, de novo?, ela dizia, tanto dinheiro pra comprar uniformes bonitos pra vocês, toda hora uma blusa diferente atrapalhando tudo, ela falava que minha blusa atrapalhava tudo como se o restante da casa estivesse em perfeita ordem, como se a ausência do marido e a demência da sogra não fossem um empecilho pra rotina daquela família, os choros compulsivos do Leonardo não arrancassem diuturnamente o juízo de todos, arremessando irritação e estresse pra todos os cantos, menos em cima da Madalena, que arrumava justificativas mágicas pra descompensação daquele menino, fome, dor, sono, quando não dizia, apoiada em alguma discussão entre o Caio e a dona Cláudia, o pobrezinho está sentindo a energia da casa, tá percebendo que os pais estão nervosos, criança percebe essas coisas, como se ele fosse um portal magnético, ignorando o fato de que era apenas chato, fosse mesmo sensível, não aguentaria ficar no mesmo cômodo que a avó nem por dez minutos, um roteador de energia ruim, capaz de incendiar árvores nativas, poluir nascentes de rios extensos, aniquilar animais em extinção, isso falando apenas sobre a fauna e a flora, todo o quarto impregnado pela velha, aqueles poucos metros quadrados cercados de mogno escuro, uma cama de casal, a mesma desde os tempos do seu Rui, os mesmos lençóis e fronhas, cobertores, tudo cercado por duas mesas de cabeceira, também esculpidas numa madeira escura, que não conferiam qualquer segurança à ossada sem memória da velha Yoyô, numa virada mais brusca no meio da noite essa velha pode espancar a testa em uma das quinas, pensava, sujando o chão com as coisas ruins que deviam morar dentro daquela cabeça, mas me importava mesmo com o que estava escondido, com o que morava onde nossa vista não alcançava, as gavetas ao redor da cama, quase sempre forradas de remédios e terços, como se alguma coisa fosse dar conta de salvá-la, de resgatar a alma ou o corpo da velha Yoyô, me concentrava nos armários, nas portas de madeira maciça que davam de frente à cama e nos maleiros, os vãos que guardavam desde o vestido de casamento da velha, passando por malas antigas e frasqueiras que ela nunca mais usaria, até pilhas de pastas e envelopes, que ninguém podia mexer, é a única coisa da qual o Caio não abre mão, ele não se mete no serviço da casa, mas este foi um pedido da mãe dele, enquanto estava lúcida, ninguém pode mexer nas coisas dela, espero que você entenda, dona Cláudia me disse logo nos primeiros dias de trabalho, e Madalena passou todos os demais me lembrando, o que só me fez ter certeza de que era ali que eu precisava vasculhar, uma coisa tola de se fazer, pensava, dizer pras pessoas não mexerem em determinado lugar, quase como anunciar que algo de muito revelador encontra-se ali, será que o filho dela nunca mexeu nesses armários?, ainda mais com a mãe descerebrada do que jeito que está, aqueles papéis que já tinha conseguido ver à distância, numa altura impossível, mas a piora da velha veio a calhar, em todos os sentidos, não dá mais pra ela dormir sozinha naquele quarto, dona Cláudia, ela precisa de alguém pra passar a noite com ela, um engasgo ou uma queda nessa idade pode ser fatal, disse numa tarde, ela ficou parada pensando, meio irritada, talvez porque não achasse o pote de linhaça que tanto procurava, foi me dizendo está certo, está certo, mas quem vai fazer isso?, vou ter que contratar outra pessoa, mais uma?, eu pegando o pote, tão evidente, ao lado do micro--ondas, trazendo também a solução, não, eu durmo com ela, imagina uma estranha a esta altura?, não faria nem bem, só preciso de uma cama ou um sofá-cama, como a senhora achar melhor, falei, dona Cláudia agradeceu, acho que mais pela linhaça do que pela velha, depois me passa o valor, não esquece, me diz quanto vai custar essas noites extras, concordei, mesmo sabendo que ela já não me ouvia mais há algum tempo.

Tentava mudar de assunto quando mamãe perguntava se tinha sido bom o passeio com meu pai, logo que entrávamos em casa ele inventava desculpas pra se livrar dela, enquanto eu ia aumentando o volume da televisão até não ouvir mais o que ela dizia, mesmo sabendo que quase sempre minha mãe tentava descobrir se tinha mais alguém com a gente, ia fazendo isso de um jeito muito esperto que também aprendi a fazer, sem perguntar assim de cara o que de fato queria saber, comendo pelas beiradas como se estivesse preocupada só com a minha diversão, falando do sol, de como o tempo estava bonito, se tinha ido no banco da frente com meu pai, lembrando que era perigoso, ia concordando só com a cabeça, sem responder nada, morrendo de medo de deixar escapar alguma coisa, porque não sabia o que podia dizer pra ela, o que poderia contar sem que isso colocasse em risco meus passeios aos sábados com papai, a voz dela ia ficando cada vez mais misturada aos sons dos personagens da TV, do desenho que estava passando e eu nem conseguia assistir, só tentando me convencer de que a culpa não era minha se ele preferia mulheres com pernas mais bonitas que as dela, sempre cobertas por aventais quando estava em casa, talvez fosse por isso que ele não aguentava ficar muito tempo lá dentro e preferia me levar passear, mas no meio do caminho acabava encontrando a moça que nunca usava avental, que devia sentir muito calor, porque estava sempre com as pernas de fora, com saias do tamanho das que minha mãe me obrigava a usar, meu pai ficava sem graça de não falar com ela, acho que se sentia mal de não dar atenção, sempre no mesmo lava-rápido, que coincidência, de novo, ele dizia, quando nosso carro ficava pronto, eu já tinha tomado pelo menos uma latinha de refrigerante, ele falava precisamos ir e perguntava do carro da moça, que devia ser muito maior que o nosso, por isso demorava tanto pra lavar, não tá pronto, ainda na máquina de espumas, ela respondia, papai então dizia que era melhor ela ir com a gente, mas e o carro dela?, pensava, será que os homens entregam em casa?, por que não fazem isso com o nosso?, mas nunca perguntei nada pro meu pai, não queria arriscar nossas saídas por conta de um carro que nem era nosso, logo vinham as pontadas na barriga, nunca mais vou tomar refrigerante, prometia, embora na semana seguinte fizesse tudo de novo, as mesmas pontadas, sempre que ela aceitava pegar carona com a gente, com o tempo comecei a ficar cansada dos passeios, das coincidências, das pernas sempre de fora, decidi tomar cuidado pra não derrubar mais nada no banco de trás do carro, cuidado seu burro, dizia pro meu irmão, pra tentar não sujar o carro do papai, quem levaria um carro limpo ao lava-rápido?, que ideia!, passava flanela quando ele estava na garagem pra tirar as porcarias de marcas que meu irmão deixava, mas não adiantava, meu pai continuava achando muito importante levar o carro pra lavar todo fim de semana, mesmo eu dizendo que não era bom, acho que esse lugar não lava direito, pai, não adiantava, continuava voltando no banco de trás, vendo a mão dela na perna dele, entre os bancos, uma mão que ia e vinha porque ele dizia alguma coisa pra ela, eles riam, ela mais do que ele, mas não contava nada disso pra mamãe, que acabava desistindo de competir com a voz dos desenhos da televisão, voltava pra cozinha resmungando umas palavras que não escutava, mas que também faziam minha barriga doer e me lembravam de nunca mais beber refrigerante.

Ela me ofereceu um copo de água, acho que mais pela falta do que dizer do que por achar que precisava hidratar minhas cordas vocais, aceitei, mas continuei com a cabeça baixa, passando as mãos nos olhos como alguém que tenta secar lágrimas e esconder tristezas, ela repetindo calma, se acalme, com a mão eu ia indicando que estava passando, enquanto bebia a água intercalando as goladas com respirações profundas, tão profundas que chegavam a balançar de leve a franja dela, ali, bem na minha frente, isso até poderia ter deixado seu cabelo melhor, mas nem ajudou nem piorou, porque cheguei a olhar pra ele mais de uma vez, depois que a água acabou ela ainda tentou me fazer um chá, de camomila, é ótimo, vai te fazer bem, ela falou, mas recusei dizendo que já estava melhor, não precisa, me desculpa por esse choro, disse, fazer uma coisa dessas no trabalho, mas lembrar dos meus pais ainda me deixa muito mal, falava tentando justificar aquela cena e acrescentando coisas como ainda mais agora, você com tantas preocupações e eu te atrapalhando, emendava frases em meio a pausas de cabeça baixa que fizeram a Cinthia puxar uma cadeira pra bem perto de mim, e logo que isso aconteceu cheguei a me arrepender de tudo aquilo, ela ali, quase encostada no meu corpo, me consolando, passando a mão no meu cabelo, cumprindo o que sabia ser um ritual de pré-acasalamento, uma libélula macho ou lésbica, uma libélula lésbica, aproximando sua cabeça e tórax, posicionando as patas dianteiras na frente da fêmea, eu, a fêmea, erguendo o abdômen em direção a ela, já com a cabeça levantada e movendo uma das patas sobre seu ombro, fixando o olhar no dela, a libélula lésbica enternecida, deixando o pescoço cair meio de lado, levando a pata na direção do meu rosto, um silêncio quase hostil, entrecortado apenas pelo barulho que vazava de algum radinho, a calcinha molhada da fêmea, os dedos dela alisando minhas pálpebras, enxugando o que estava seco, aí não precisa, pensava, a boca dela se movendo, os lábios dizendo o que tá acontecendo?, tô aqui, a libélula tá aqui, mas isso ela não disse, eu derrubando minha cabeça sobre o corpo dela, ainda em silêncio, despertando daquilo tudo pra finalmente conseguir dizer alguma coisa, dizer que vergonha, que estava sentindo muita vergonha, mas não estou bem, desculpa, ainda com a história desse paciente, logo agora, falava já me afastando e procurando a bolsa, o que você quer?, ela perguntava, minha bolsa, não estou achando, ela lembrou que não estava lá, se acalme, tá tudo bem, ela repetia, desculpa, por favor, me desculpa, mas hoje não consigo te acompanhar no hospital, não sei o que deu em mim, mas amanhã eu vou, pode ser?, disse deixando a sala sem nenhuma lágrima nos olhos, com a certeza de que ela estava mentindo, a Cinthia com têagá estava tentando me enganar, porque o paciente do 27 não tem nenhum filho, sua mentirosa, mas isso não falei.

Na manhã seguinte acordei com o barulho de uma serra que fazia um zunido bem alto, em espiral, um som que rodopiava repetidas vezes, como se andasse em círculos, igual meu pai fazia no andar de baixo, em frente à televisão, da ponta de cima da escada fiquei vendo ele caminhando, coçando a cabeça com uma bebida na mão, parecida com a que ele dormiu segurando ao lado do sofá na noite anterior, voltei pro quarto, fiquei olhando pela janela o moço que cortava umas barras de ferro bem grossas, uma atrás da outra, sabia que o som era da máquina que estava sendo usada na construção do prédio que subia ao lado da nossa casa, mas do jeito que ele fazia, do som que ele fazia com aquela serra, parecia que tinha um rádio tocando uma música metálica, bem aguda, será que ninguém contou pra ele o que aconteceu com a mamãe?, nem pra moça que comprava frutas numa banca bem perto da construção e que tapava os ouvidos?, não devia estar ouvindo o mesmo som que eu, talvez escutasse só o barulho da serra, nem pra outra que atendia ela embrulhando as compras, a rua cheia, ninguém sabe o que aconteceu?, os carros passando de um lado pro outro, o guindaste da obra subindo e descendo, sem falar da padaria da esquina, já mais longe, com pessoas que eu via pequenininhas entrando e saindo, como se nada tivesse acontecido, como se fosse um dia de semana normal, olhei pro quarto, os móveis todos no mesmo lugar do dia anterior, a cortina laranja amassada no canto como ela tinha colocado quando arrumou minha cama, minhas bonecas todas enfileiradas, ao lado das caixas de jogos, a escrivaninha com o copo de suco de laranja pela metade que mamãe tinha preparado no final da tarde, mas que não consegui beber por causa dos bagaços que ela não gostava de tirar, mesmo eu pedindo, coa, mãe, por favor, mas ela dizia essa é a parte mais importante da fruta, qual o sentido de jogar toda a vitamina fora?, explicava que fazia bem pra minha pele, mas só pensava então toma você que precisa cuidar das suas pernas, só de raiva deixava sempre o copo pela metade até ela ir me encontrar no quintal com ele na mão me obrigando a terminar, falando do preço da laranja, de como eu era mal-educada às vezes, mas naquele dia ela não falou nada, o resto do suco ficou ali, cheio de bagaço no fundo do copo, e agora?, perguntei, o que você vai fazer se eu não tomar?, já em pé, com o copo na mão, como você vai correr atrás de mim se suas pernas nem se mexem mais?, deitada no banheiro?, como?, olha só o que eu faço, você tá vendo?, só parei de derramar o suco no chão quando meu pai entrou e arrancou ele da minha mão, mandando eu parar, pare com isso, mais uma louca?, ele gritava, acho que foi ali que entendi que uma mãe morta é um copo de suco de laranja vazio cheio de bagaço no fundo.

As primeiras noites ao lado da velha Yolanda foram insones, mal encostei na cama que dona Cláudia tinha mandado colocar, mais pela proximidade com aquela respiração do que pelo conforto do colchão, que não era nem bom nem ruim, mas definitivamente não era bom, assim que todo mundo se recolhia eu examinava cada centímetro de armário daquele quarto, mas sem movimentos bruscos, na verdade, quase sem movimento nenhum, apenas olhando tudo, da poltrona que ficava do outro lado da cama dela, tentando decorar todas as portas e buracos possíveis por onde teria de mexer, derrubar lá de cima, sem deixar escapar nada, nem um pedacinho de papel, sabia que seria preciso revirar todas as anáguas e calçolas antigas, mas ainda tinha a Madalena, a criança que acordava a madrugada inteira fazendo as pessoas abrirem a porta no meio da noite pra perguntar tá tudo bem por aqui?, dona Yolanda fazia barulhos horríveis com a garganta, em vários momentos presumi que pudesse ter morrido, apneias longuíssimas que poderiam ter feito daquela mulher uma medalhista olímpica, mas quem em sã consciência enfiaria uma velha daquelas numa piscina?, ainda mais no meio dos Jogos Olímpicos?, cheguei muitas vezes a desejar que fosse o fim, mesmo sabendo que ainda não era o momento, que a velha tinha que durar mais um pouco pra justificar minha permanência naquela casa, quando ela voltava, quando respirava e conseguia se desvencilhar do demônio, barganhando coisas impensáveis ou apenas dizendo me deixa ficar mais um pouco porque a moça vai mexer nas minhas coisas, descobrir tudo, fazia um barulho tão alto que acabava acordando alguém da casa, que aparecia descabelado pra saber se eu precisava de alguma coisa, isso dificultava tudo, porque bastaria um deslize, uma porta de armário aberta pra me tirarem dali, então as noites eram quase sempre improdutivas, mais pra entender o movimento deles naquele horário do que pra mexer em qualquer coisa, comecei fuçando as roupas dela, peças que não devia usar há vinte ou trinta anos, nas cuecas do seu Rui, uma quantidade imensa de panos velhos que eles só seriam capazes de usar se vivessem por dois ou três séculos, depois passava um tempão organizando tudo pra que ninguém percebesse que tinha gente mexendo ali, foram dias assim, contabilizando suas paradas e encarando seu sono, uma rotina que me deixava exausta, não conseguia pregar os olhos, chegava a ter pesadelos horríveis imaginando a velha levantando da cama, me sufocando com as mãos, apertando com força em torno do meu pescoço, dizendo no meu ouvido sempre soube de tudo, desde o dia em que colocou os pés aqui, mas acabava acordando antes de ela me matar, nas noites em que o corredor estava mais movimentado por conta do moleque ou do Caio que chegava tarde, ficava perto dela lembrando das coisas do passado, compartilhando memórias em voz alta, mesmo sabendo que ela não devia estar escutando, pelo menos não devia estar entendendo, foi numa dessas noites que ela abriu os olhos, como fazem as pessoas meio moribundas, mas de um jeito diferente, com as pupilas arregaladas, um tanto arisca, mexia a boca tentando falar, mas dali, daquele vão ressecado, saíram apenas uns gritinhos que fui afogando com algodão e água, sob o pretexto de não deixar a garganta dela ressecar, foi o que disse pra Madalena que entrou assustada no quarto pra saber o que estava acontecendo, tô só refrescando a boquinha dela, usando palavras que ela gostava de me ver usar, não sabia, mas era tudo em vão, Madá já começava a desconfiar de que as coisas que eu dizia não eram tão verdadeiras assim.

Foi meu irmão que contou que a gente teria um novo irmãozinho, quase radiante, como se aquela fosse realmente uma boa notícia, logo que ele começou a falar tentei fazer sinais com as mãos pra tentar reverter aquilo, mas já era tarde, tão tarde que não consegui impedir o comentário de desdém da minha tia, essa vai acabar sendo outra boca que vou ter que dar de comer, como se a gente, se eu e meu irmão, fôssemos parte de um grupo de porcos que ganharia mais um integrante pra pesar no orçamento dela, quando minha tia deixou a sala cheguei perto dele pra dizer ela só fala essas coisas porque tá triste, ela sabe que mais cedo ou mais tarde a gente vai acabar indo morar com o papai, ainda mais com a chegada do nosso irmão, isso é só ciúmes dela, disse, mesmo ele tendo deixado escapar um sorriso de canto, sei que no fundo sabia que não era nada daquilo, que talvez estivesse fingindo estar feliz só pra não alimentar ainda mais a tristeza que, assim como os porcos, tem uma fome que não acaba nunca, mas nas semanas seguintes nós chegamos a pensar que as coisas poderiam ser diferentes, vibrei com a reação da minha tia tendo que contar pra gente que meu pai viria nos pegar pra passar o fim de semana com ele, assim, depois de tanto tempo, e aquilo me fez ter certeza de que essa distância era mais culpa dela, da minha tia, do que dele, que estava tentando organizar um lugar pra vivermos juntos, antes do meio da semana já tinha preparado nossa mala, a minha e a do meu irmão, com coisas que poderiam deixar a gente fora daquele lugar por muitos dias, ainda mais se papai estivesse tendo a mesma ideia que eu, de falar que era só um fim de semana pra tapear minha tia, mas o plano era que a gente nunca mais voltasse pra lá, resolvi não falar isso pro meu irmão, que continuava fazendo listas com todos os tipos de nomes, mas sem se preocupar com o mais importante, que era saber quem seria essa namorada do meu pai que ele dizia que eu conhecia, cheguei a pensar na Irene, uma moça que trabalhava com ele no escritório e que, além de me dar balas e pirulitos, tinha pernas morenas, bem lisas e compridas, mas que depois deixou de aparecer por lá e foi substituída por uma outra mulher com pernas ainda mais bonitas, que pareciam estar meladas, por isso brilhavam muito, depois lembrei da moça do lava-rápido, de como papai sorria quando estava com ela, bem diferente de quando estava com a minha mãe, mas que importância tinha isso?, pensava, íamos passar a viver com ele, talvez nem tivesse espaço pra namorada nessa casa nova, e só quando dias depois ele buzinou, com a gente já dentro do carro, quando ele buzinou na porta de um salão de cabeleireiro e ela saiu, confirmei se tratar mesmo dela, o cabelo estava muito diferente, todo alisado de salão, mas a mão colorida, com unhas enormes e vermelhas, continuava descansando no colo do meu pai, ela nos olhou do banco da frente, disse muito prazer, embora você, mocinha, eu já conheça, enquanto alisava o cabelo do meu irmão, falou outras coisas que não lembro, porque passei o resto do caminho pensando se aquele irmãozinho que ela dizia estar dentro da sua barriga já estava sendo planejado quando a gente se encontrava no lava-rápido, que coincidência, de novo, o carro não está pronto ainda, quer uma carona?, a comida estava, mamãe esperando a gente pra almoçar, eu aumentando a TV pra não ouvir as coisas que ela me perguntava.

No dia seguinte à cena de pré-acasalamento, acordei com uma ligação dela me perguntando se estava melhor, você tá bem?, de um jeito diferente, não mais como a gerente do lugar em que eu trabalhava, mas como uma libélula feiticeira que, quando falava comigo daquele jeito ou me olhava no fundo dos olhos, fazia minha calcinha ficar encharcada a ponto de achar que tinha feito xixi nas calças, parecido com o mijo tijolo da escola, mas de outro jeito, me despertando raiva por não poder dizer que sabia que ela estava inventando aquela história do hospital, que agora iria até o fim com isso, mesmo que precisasse colocar um tufo de papel no meio das pernas pra conter aquele líquido invasivo, imagina uma pessoa com a minha idade, com a idade que eu tinha, estar sofrendo de incontinência urinária, provavelmente de um tipo viral muito transmissível que deve ter me contaminado na convivência com aquele bando de velha com bexiga baixa, tratei logo de dar andamento à conversa, com uma voz que saía mais mole do que tinha programado na minha cabeça, que seguia sem grandes novidades, eu dizendo que não era nada demais, só problemas familiares e uma preocupação com o paciente, que tinha ficado chateada por ele ter sido internado, a gente se apega, ela concordando, dizendo que estava ali pro que eu precisasse, a libélula lésbica continuava diligente pra me ajudar, se quiser conversar, viu?, ela dizia, respeito seu espaço, mas pode contar com meu apoio, melhor fora da casa de repouso pra você não se sentir mal, sei bem o que você quer, pensava, se estiver bem, gostaria que me acompanhasse ao hospital hoje, os médicos ligaram de novo, ela falava, informaram que o paciente segue agitado, ainda tentando falar, se debate muito, por isso entraram com sedativo pra poupá-lo, talvez se ele te ver pode ficar mais calmo, não sei, você pode hoje?, sim, expliquei que sentia muito pelo que tinha acontecido, que não era de fazer esse tipo de coisa, mas estava à disposição pra ajudar como pudesse, como fosse melhor, marcamos de nos encontrar naquela mesma tarde, na casa de repouso, vamos juntas, ela disse de um jeito que não gostei, ainda enfeitiçado, certamente jogando o cabelo pro lado, mas precisava estar lá pra ver o velho tentando falar, tinha que assistir à sua tentativa de palestrante depois de tantos anos de desalento, embora não acreditasse em nada daquilo.

A primeira coisa que minha mãe dizia quando me apresentava pra alguém era que eu escrevia, não é de falar muito, mas escreve que é uma beleza, desde pequena, ela falava, mesmo eu ainda sendo pequena quando dizia isso, como uma forma de mostrar que a filha era uma menina inteligente, era isso que ela achava, que seria diferente dela, essa daí não vai ser como eu, não vai mesmo, ficava me perguntando por que ela se achava burra, mesmo tendo um trabalho tão importante que exigia aquelas roupas e os sapatos de salto alto, mas o que me incomodava era quando ela folheava meus diários, na frente das pessoas, pra confirmar que não era de hoje, nem de agora, não disse que ela escreve desde pequenininha?, olha o tanto de folha, tudo letrinha dela, olha, olha, eu ruborizava querendo estar em qualquer lugar menos ali, sentindo muita raiva dela, mas quase sempre ela fazia isso comigo nos braços, me segurando apoiada no corpo dela, não sei se como demonstração de amor ou pra evitar minha fuga, me mantendo ali enquanto contava sobre sua preocupação pela minha falta de interesse em outras coisas, só livro, sempre livro, falava ressaltando o que imputava como sendo um problema de socialização, mas que a depender do humor ou do momento ela abreviava a seu modo, mandando o bicho do mato sair do quarto, peloamordedeus, ou escondendo meus diários pela casa pra que batesse um bolo com ela enquanto resmungava umas coisas virada pra pia que eu nunca entendia, ela de costas, eu sentada na mesa, me demorando com o açúcar, me lambuzando na manteiga grudada no papel toalha só pra ficar mais tempo vendo aquela silhueta determinada que gesticulava pra ninguém, uma das pernas arqueadas apoiando o pé na outra que sustentava o corpo, enquanto um dos chinelos descansava ao lado sozinho, meio abandonado, igual à forma de bolo que eu não conseguia manipular, quando o tempo era alongado demais, quando me demorava muito pra untar, ela se impacientava, abandonava a pia pra fazer a minha parte, dizendo que eu devia ter duas mãos esquerdas, me dá isso, tomando as coisas pra si, alisando minha cabeça num gesto com gosto de cebola e cheiro verde que ficava impregnado no meu cabelo pelo resto do dia, nessa hora, sempre que a gente se dava conta de que eu não tinha feito o que ela havia me pedido, nós ríamos, mesmo não tendo graça, mesmo ela estando triste, mesmo a gente sabendo que aquele olho inchado não era culpa da cebola, que aquele roxo no braço não tinha sido um tombo provocado pelo salto alto, nosso pacto regado a farinha de trigo e clara de ovo, que eu seria diferente, de que aquela menina não seria como ela, não mesmo.

Me formei com notas altas, uma promessa nunca realizada, uma impostora, que teve o ápice de sua produção registrada em cadernos de brochura ao longo de muitos anos, uma fábrica de diários muito produtiva, uma vida sem nenhuma relevância pra sociedade, um surto egoico que fui armazenando em malas de viagem, primeiro menores, depois naquelas que as pessoas usam pra empreender grandes jornadas pelo mundo, que precisam ser despachadas por não caberem no compartimento superior do avião, grandes volumes de lástima, miséria e autocomiseração, quem vai ler isso um dia?, quanto desperdício de tempo e de papel, uma floresta rabiscada de inveja, abandono e ódio, quantos casais poderiam ter sido felizes sob a sombra dessas árvores rasuradas de tédio, quantos clássicos escritos no silêncio da grama úmida, estes sim com valor literário, artístico, quantos cachorros poderiam ter se aliviado nesses troncos manchados de desejos que nunca se cumpriram, quantas punhetas ao pôr do sol inutilizadas, folhas amarguradas que poderiam ter coberto uma quantidade excessiva de ternura, de jovens apaixonados que sob a copa dessas árvores desonradas por tinta de caneta vagabunda teriam acasalado, se transbordado, cumprindo o princípio da multiplicação, ampliando suas famílias, comprando casas novas, maiores pra abrigar seus filhos, dois meninos e duas meninas, quartos rosas e azuis, aviões pintados nos tetos, bonecas de pano espalhadas pela sala, empregos sendo gerados pela reforma, pela troca do telhado, pelo conserto dos canos e de toda rede hidráulica que daria vazão aos dejetos desse amoroso núcleo familiar, vendedores de lojas de móveis que poderiam ter sido promovidos pela venda das penteadeiras, camas de madeira maciça, quatro, sem falar da king-size do casal, Robson alçado a vendedor do mês, foto estampada na parede, com o dinheiro da premiação compraria uma cesta de café da manhã pra esposa, sexo matinal, há quanto tempo, um reencontro no casamento que ia tão mal das pernas, um bebê nove meses depois, mais uma obra, um quarto novo pro herdeiro, um emprego pro João, dois anos sem encher uma laje, quantos postos de trabalho desperdiçados em folhas desgraçadas de caderno, tudo o que poderia ter sido e não foi por conta de um ego sobressaltado, o ar, oxigênio que seria gerado organicamente dessas árvores derrubadas em vão, enchendo pulmões de notáveis químicos e físicos, fotossíntese transformada em individualismo, em histórias sem pé nem cabeça, e os frutos?, tudo que poderia ser germinado a partir dali, as maçãs que brotariam desses troncos e teriam alimentado estudantes num parque dentro de uma universidade federal no interior de Minas Gerais, futuros pesquisadores que livrariam o mundo da grave moléstia do século XXI, mas que se perdeu em conjugações verbais prepotentes, um exercício autocentrado, de um senso estético ordinário, juntei as malas na porta do quarto, fazia poucos meses da formatura, isso tem que acabar, tem que recomeçar, de um jeito ou de outro, despachei tudo e comecei a planejar sobre o que seria a partir de agora, o que seria a partir daquele momento, o resto todo.

As despedidas na porta da casa da minha tia eram sempre acompanhadas da promessa de que faltava pouco pra vivermos juntos, mas papai ainda precisa resolver umas coisas, ele dizia, a cada fim de semana as coisas iam mudando de nome, ora sendo o excesso de trabalho, a falta de dinheiro ou de tempo, mas estava sempre chegando, igual ele fazia nas raras vezes em que a gente viajava e quando eu ou meu irmão perguntávamos quanto tempo ainda falta, pai?, está chegando, ele respondia, minha mãe ria, eu achava que aquela reação era a confirmação de que estava mesmo perto, que ela estava feliz também por sair daquele carro, mas sempre depois desse riso, de ele dizer várias vezes que estava chegando, ainda levava um tempo muito grande pra viagem terminar, como eu não tinha relógio não dá nem pra dizer se era uma, duas ou cinco horas, mas demorava muito, por isso sabia que aquele papo não queria dizer que a gente moraria com ele em pouco tempo, mesmo a mamãe não estando lá pra rir daquela mentira, sabia que aquilo só queria dizer que ele talvez não tivesse resposta melhor pra nos dar, quando ele não aparecia, imaginava que estivesse cuidando de tudo pra nossa chegada definitiva, ou em dias piores, que ele também tinha morrido, não apareceu porque deve estar deitado, já sem vida, sem respiração, em algum hospital da cidade, é questão de tempo pra localizarem minha tia e ela gritar da cozinha os meninos ficaram órfãos, ninguém morto pode aparecer pra pegar os filhos na casa da cunhada, ninguém morto pode alugar uma casa com dois quartos, comprar camas, uma cômoda pras roupas, uma prateleira pra livros, ninguém morto consegue cumprir promessas, que ideia!, me perguntava se aquela moça moraria com a gente, ensaiava pra dizer as palavras, perguntar pra ele, mas elas nunca saíam, ninguém morto é bom em responder perguntas, às vezes me sentia um pouco assim também, um dia tomei coragem e falei pai, ela também vai morar com a gente na casa nova?, ele respondeu sim, claro que sim, ela e o bebê, a Yolanda e seu outro irmãozinho vão viver com a gente.

Às vezes, tinha vontade de ficar muitos dias sem lavar o cabelo só pra deixar as mãos dela sujas, impregnadas com os bichos que mamãe dizia que iam tomar conta da minha cabeça se não esfregasse ela direito, lembro de pensar em perguntar pra velha, que naquela época não era velha, por que você só cumprimenta a gente com esfregões no couro cabeludo mesmo nunca tendo curiosidade de saber se a gente gosta?, sem saber que a mãe que tivemos um dia também fazia isso, mas sem esfolar nossa cabeça, com mãos leves, não cansadas como as suas, mãos muito melhores, mamãe podia não ser boa de pernas, mas sabia mexer no nosso cabelo, pelo menos beijo e abraço ela nunca dava, disso a nova namorada do meu papai nos poupava, mas vinha com aquele batom vermelho parecendo tatuagem, sabíamos que não era, tatuagem não sai na roupa das pessoas como aquele batom saía na do meu pai, aos 11 anos eu já tinha descoberto esse tipo de coisa, sempre que ele vinha pegar a gente, desde o dia que nos apresentou pra ela, quer dizer, que chamou ela pelo nome certo, de minha namorada, desde aquele dia nunca mais andei de carro ao lado dele, no banco da frente, ela estava sempre junto, me falava oi, esfregava minha cabeça como se não tivesse feito isso no banho, ia me empurrando devagarzinho pro banco de trás, primeiro eu, depois meu irmão, nessa época me dei conta de que o problema dela não era mão cansada, como achava uns anos antes, quando meu pai dava carona pra ela por causa da demora no lava-rápido, mas vontade de ficar grudada o máximo possível no corpo do meu pai, como se ele fosse escapar, como se fosse só dela, a perna, e depois o ombro, o cabelo, que ela também esfregava, mas de outro jeito, o pescoço que ficava com uma marca vermelha, em todas as partes que ela alcançava, perguntava ao meu irmão, você acha que isso começou antes?, do quê?, ele queria saber, antes da mamãe morrer, seu burro, dizia, mesmo não querendo chateá-lo ou ofendê-lo, porque sabia que ele odiava ser chamado de burro, mas pra chamar sua atenção de que aquilo parecia muito estranho, não, ele dizia com a cara fechada, eles eram amigos, pronto, você não ouviu o papai dizer?, ele me respondia e logo mudava de assunto, ou então me mandava perguntar pra eles, quero ver você ter coragem, às vezes eu insistia relembrando que o carro dela sempre atrasava, da mão dela na perna dele, dizia nunca contei isso pra mamãe, será que se tivesse dito que aqueles passeios nunca eram feitos só de mim e do papai, que ela sempre dava um jeito de aparecer ou antes ou depois com a desculpa de que tinha sido uma coincidência, talvez se tivesse falado pra mamãe que aquela mulher até podia ter pernas mais exibidas que as dela, mas que achava as dela muito mais bonitas, será que ela ainda estaria aqui?, mas nessa hora meu irmão só ficava me olhando chorar, como que torcendo praquilo acabar logo, pra eu esvaziar aquelas lágrimas e voltar a brincar com ele no quintal, mas qual?, qual quintal, seu burro?, nem isso a gente tem mais.

Não pude participar da minha festa de formatura por causa da viagem, de uma viagem que ele planejou já tem muito tempo, dizia, meu pai faz questão, só nós dois, ainda não sei pra onde vamos, ele disse que é surpresa, ia justificando, não pra tanta gente assim como pode parecer, não como se a turma toda insistisse pela minha presença na festa, com os colegas todos perguntando inconformados se não tinha outra data, ele não pode marcar a viagem de vocês num outro dia?, por favor, fale com ele, não foi assim, provavelmente ninguém chegou a pedir pra que eu fosse à festa, mas ficava pensando nisso, caso me chamem é isso que direi, não dá por conta da viagem marcada com meu pai, usar a família é sempre mais convincente, ter uma família funcional que viaja junta é um excelente argumento pra declinar convites chatos como uma formatura, a minha, uma festa com futuros professores falidos, escritores frustrados, uma piada em forma de baile, uma bobagem, festejar a conclusão de um curso em que as pessoas estudam a própria língua, foi mais ou menos assim que meu pai falou quando soube que tinha passado em uma universidade pública, um curso que estuda as letras?, as 26?, dá menos de sete por ano, talvez tenha rido depois de fazer esse comentário, talvez tenha dado risada me imaginando na frente da lousa escrevendo as letras de a a z em várias linhas sem parar, nossos encontros sempre breves, cada vez mais espaçados e constrangedores, eu tentando parir uma intimidade, logo eu, que nem o próprio filho fui capaz de colocar no mundo, imagina um punhado de intimidade?, mas da última vez que tinha encontrado meu pai lúcido, digo, sem precisar de um babador, ele me perguntou como está seu curso de história?, não é história, expliquei, de novo, como sempre fazia, é tudo a mesma coisa, ele dizia, faculdade de gente que vai virar professor, não é?, não dá na mesma?, sim, você tá certo, tudo igual, a gente voltava a ver televisão, também igual, como a gente sempre fazia quando estávamos juntos, também não fui ao bar com a turma no último dia de aula, um grupo formado de desempregados que talvez nem tenham pensado nisso, não seria eu, no dia da despedida do curso, a constatar o óbvio, que fizemos uma faculdade que na melhor das hipóteses nos tornará professores, pessoas treinadas a ensinar, como se os outros estivessem dispostos a aprender alguma coisa, de repente um trabalhinho na escola em que estudei, ser responsável por despejar novas gerações de coxinhas, pães de queijo e mistos quentes no mundo, minha amiga me olhando, rindo, profetizando, você tá fodida.

Depois que desliguei o telefone, passei horas rememorando aquela conversa com a Cinthia, em looping, tentando lembrar das frases, das palavras que tinham sido ditas por ela quando falava do paciente do leito 27, do seu rosto quando falava do filho que estava com ele no hospital, que filho?, como podia mentir assim?, tão desaforada, sem franzir a testa ou desviar o olhar, sem coçar a orelha, direita ou esquerda, sem jogar o cabelo pro lado, mas isso ela nem poderia fazer porque aquele emaranhado de fios teria capturado sua mão, seus dedos, teria imobilizado seu membro, talvez só depois de raspar tudo, toda a cabeça, seria possível desvencilhar aquela mão, a parte boa, eu teria dito pra ela, se isso tivesse acontecido, é que agora ele pode nascer diferente, um recomeço pra isso que você chama de cabelo, Cinthia, mas a gente sabia que não era, ela teria rido se estivesse enfeitiçada, teria rido e dito algo como, para com isso, mocinha, mas também poderia ter me demitido se estivesse com a gerente incorporada, se estivesse agindo como a profissional da casa de repouso, mas nada disso importava, sabia que só estava me distraindo do que realmente era desconcertante, não tinha nada a ver com o cabelo daquela mulher, com a sutileza com que mentia, com que conseguia me enrolar falando de um filho que não existia, e por quê?, pra que isso?, qual o objetivo de inventar uma coisa daquelas pra mim?, logo naquele momento, com o velho agonizando no hospital, gemendo em um leito diferente, investido sob um novo lençol, com vontade de falar, mas àquela altura não sabia mais dizer se isso também era mentira, o velho tentando falar agora, tantos anos de silêncio, que diferença fazia, afinal, porque nunca teve grandes coisas pra falar, a não ser mentiras, um punhado delas, uma combinação perfeita com a Cinthia, que bela dupla eles estavam formando, dois mentirosos obstinados, deve ter se calado por vergonha, por um lampejo de consciência que o fez parar, parar de mentir, agora isso?, uma nova fraquejada de caráter, será que isso era possível?, me preparava pro encontro com ela, pra encontrar a Cinthia com têagá na porta da clínica naquela tarde, como tínhamos combinado, comecei a pensar que mesmo os mais perversos, os mais sofisticados dos mentirosos tinham suas regras, seus princípios, seus objetivos, então, qual seria o dela?, o que teria descoberto pra ter entrado nessa paranoia envolvendo o velho do 27, tantos leitos, diversas escaras pra se ater, mas parei de pensar nisso quando outro velho, aquele com quem dividia a casa, tomou minha atenção, seu Leopoldo tinha rolado as escadas, os gritos da dona Jacira espalhados pela casa, segurando a mão dele já no primeiro andar do sobrado, eu parada no topo da escada com as mãos na cabeça, vocês também vão me dar trabalho?, lembra que me garantiram que não precisariam de mim quando vim morar aqui?, subo esses degraus na ponta dos pés por conta desse ranger que poderia despertá-los no meio da noite, nas minhas voltas pra casa, poupo vocês de um barulho que talvez os fizesse sair da cama no escuro, assustados, esquecendo que havia uma mulher que também morava aqui, no final do corredor, meio acordados meio dormindo, poderiam tropeçar nas próprias pantufas se estatelando na cômoda, por isso tomo tanto cuidado, justo agora, naquele dia, resolveram rolar escada abaixo, um casal de idosos morando num sobrado, era questão de tempo, mas justo hoje?, a Cinthia me aguardando na porta do asilo, o encontro marcado pra dali a algumas horas, os velhos na ponta da escada, dona Jacira chorando, seu Leopoldo desacordado, que martírio, se ao menos tivesse uma saída de emergência, como passar por eles e não ajudar?, com licença, seu Leopoldo, desmaie mais pra lá, por gentileza, preciso passar, estou atrasada, os dois ali, sozinhos, nem a nora mexedora de celular nem o filho apareceram, eles quase nunca apareciam, por que na hora do tombo?, me acalmei e desci os degraus pra ajudá-los.

No começo cheguei a pensar que ela poderia estar com ciúmes, que a Madalena pudesse ter ficado irritada com o fato de ter me oferecido pra acompanhar a velha na madrugada, o que me fazia passar dias e dias dormindo naquela casa, igual ela fazia pra cuidar do Leonardo, mas com intervalos maiores, com algumas ausências, porque a própria dona Cláudia mandava ela ir embora, você não tem casa, menina?, como se a Madá fosse uma menina e estivesse lá brincando de casinha com o filho dela, mesmo ela dizendo isso, mesmo mandando ela embora descansar, coisa que dona Cláudia só fazia quando lembrava que tinha um filho, a Madalena chegava a se ofender, inventando qualquer coisa nas fezes do moleque ou dizendo que ele tava quentinho, tá molinho, só pra não arredar o pé daquele lugar, será que a velha Yoyô também foi amante do pai da Madalena?, mas não, isso não teria como acontecer, por mais esperta que a velha fosse não teria como aplicar o golpe do lava-rápido no sertão de Pernambuco, ainda mais com toda aquela terra seca, nem uma criança pequena como eu teria acreditado numa história dessas, da onde a senhora veio?, o moço do lava-rápido perguntaria ao ver as malas de viagem pra em seguida ela dizer de São Paulo, moço, vim lá de São Paulo, primeiro todos cairiam na gargalhada, e caso ela insistisse, se voltasse a dizer é isso mesmo, vim de lá porque os preços estão caros e não se lava carro do jeito que vocês fazem aqui em Pernambuco, aos poucos todos começariam a olhá-la de canto, com desconfiança, as risadas cessariam e os horários também, hoje não tem vaga não senhora, mas é só um carro, é rápido, não tem como, ainda que Yolanda conseguisse pegar uma ou duas caronas com o pai da Madalena, que chegasse de carro num lugar que ela me dizia que só tinha mula, imagina um carro?, isso teria ocorrido poucas vezes, não sustentaria um romance, ainda mais a quase três mil quilômetros de distância, com falta de água no meio, um lava-rápido, a mãe da Madalena, que pra lavar roupa tinha que atravessar quilômetros com a bacia na cabeça pra chegar até o açude, imagina essa mulher, com a testa e o rosto castigados pelo sol, encontrando Yolanda descansando a mão na perna do marido, do próprio marido, que tinha dito que ia pra colheita, mesmo sem água, que colheita, ómi?, mas quando visse a prostituta Yoyô com a mão nele, teria entendido tudo e picado a rameira em tantos pedaços que nem pra adubar a terra ela serviria, mas tudo isso era só o que passava na minha cabeça, coisas que não dividia com a Madá, nem poderia, imagina dizer que a velha, aquela que ela achava que era doce como cana, tinha sido uma puta quase profissional, uma vagabunda, que poderia ter trepado com seu pai também?, com ele e com o resto dos homens da cidade que você vivia, não fez isso porque, pra sua sorte, pra sua e da sua mãe, vocês estavam muito longe daqui, num lugar sem água, eu sei, nem pernas bonitas sua mãe deveria ter, mas ainda assim longe daqui, enquanto me distraía pensando esse tipo de coisa, também tentava descobrir por que a Madalena estava tão diferente comigo, logo naquele momento que a gente tinha mais tempo pra ficar juntas perto da churrasqueira no final do dia, ela não puxava mais papo, fazia cara feia quando me aproximava, devia ser ciúmes, só podia ser ciúmes, pensava, mas não era.

Aprendi a chorar embaixo do chuveiro com a mamãe, mesmo ela nunca tendo me ensinado, fui copiando, acho que ela teria orgulho de saber que alguma coisa consegui fazer observando ela, se ela soubesse disso lá atrás teria parado de dizer essa menina só faz as coisas que dão na cabeça dela, porque isso nunca teria passado pela minha cabeça, chorar num lugar cheio de água, mas comecei escutando ela pelo vitrô que dava pra lavanderia, no começo achava que era riso, depois que tinha se cortado, e pior, que fosse um bicho, era um barulho que lembrava a Xica, cachorra da nossa vizinha, quando pisavam na pata dela, mas mamãe nunca deixaria a vizinha tomar banho lá, muito menos a Xica, ela dizia que tinha entrado alguma coisa no seu olho quando perguntava por que está tão vermelho, mãe?, isso era mentira, porque o nariz, a ponta do nariz, também ficava vermelha, não tinha sentido uma coisa entrar no nariz e no olho ao mesmo tempo, foi assim que um dia me vi copiando minha mãe enquanto tomava banho, com cuidado pra que meu pai e meu irmão também não pensassem que tinha levado a Xica pro chuveiro ou que tinha cortado o pé, chorava baixinho, ninguém escutava, ninguém percebia, aprendi a fazer ainda melhor que ela, um presente que me salvou muitos dias, principalmente quando papai arrumou a casa em que moraríamos com ele, a casa que ele dizia que moraríamos com ele, mas a gente só ia pra lá aos fins de semana, igual visita, essa casa não é nossa, disse pro meu irmão, nem quarto a gente tem, dá na mesma, ele disse, claro que não, expliquei, sofá não é cama, mas ele abre, não importa, e mudava de assunto porque ficava cansada de explicar a diferença entre uma coisa e outra, o problema é que você é burro, falava, a falta de um lugar pra gente guardar nossas roupas e de um lugar pra dormir que não atrapalhasse os jogos de futebol do meu pai não era pior do que conviver com ela indo e vindo, quando estava lá tínhamos que aturar as broncas e olhares da Yolanda, quando não estava a gente tinha que conviver com o mau humor do meu pai.

Liguei pra Cinthia do hospital, expliquei que tinha ido acompanhar o casal de idosos com quem dividia casa, tem um filho, contei, também falei da nora, que nunca costumava falar muito com eles, mas que naquele dia ninguém apareceu, quando a ambulância chegou tive de ir com eles, claro, ela dizia, quase me conferindo um atestado de boa pessoa ou querendo dizer que não esperava menos de alguém que trabalhava cuidando de idosos na casa em que ela administrava, nem tinha me dado conta disso, que estava falando com a libélula chefe, das tabelas e planilhas, não teria deixado de ir com eles mesmo se o filho estivesse lá, disse depois, me afeiçoei a eles, como um segundo pai e uma segunda mãe, ela concordava, quando já estava quase desligando, depois de explicar que teríamos de remarcar nossa ida ao hospital, ao outro hospital pra ver o paciente do 27, Cinthia teve a ideia de me perguntar onde eu estava, qual é mesmo o hospital que você está?, um entusiasmo quase eufórico tomou conta dela quando percebeu que era o mesmo, claro, isso quem deveria saber era eu, mas em meio a toda confusão não cheguei a raciocinar que era tudo perto, a casa de repouso, a minha, quer dizer, a dos velhos, o hospital era o mesmo, que bom, tá vendo?, acabou dando certo, quer dizer, certo, não, né?, porque seu Leopoldo não está nada bem, mas se deus quiser vai ficar, então te espero aqui, sem pressa, fica tranquila, desliguei o telefone num misto de preocupação e satisfação, porque agora ela falaria o quê sobre um filho que nem existia?, ali na minha cara, quando perguntasse pro médico quem trouxe o velho, quem trouxe o paciente?, mas ao mesmo tempo preocupada com aquela quase animação dela, que não combinava com alguém que poderia estar mentindo, que filho?, o velho não tinha mais nenhum filho.

A casa nova do meu pai era um apartamento, meu irmão gostava de dizer na escola que agora ele morava num prédio com quadra de futebol, basquete, como se alguma coisa ali fosse dele, como se tivesse um quarto com gavetas pra guardar camisetas, cuecas ou mesmo um cesto pra jogar a roupa suja, deixava ele acreditar nisso, porque no fundo também achava que em pouco tempo aquilo iria acabar e meu pai daria um jeito naquela situação, nas malas que ela fazia a gente deixar no corredor de entrada pra não atrapalhar, mas quando saíamos pingando do banho pra pegar a roupa era o maior escândalo, vocês estão molhando tudo, olha isso, o tapete novinho, ensopado, nem dava tempo de dizer nada, ela já começava a repetir as mesmas coisas, uma atrás da outra, até um dia em que não aguentei e falei se as roupas não veem até nós, Maomé tem que vestir a montanha, e pensei que ela começaria a gritar de novo, mas caiu na risada, numa gargalhada que nunca tinha visto ela dar, chamou meu pai pra dizer que ele precisava mudar a gente de escola, a menina tá trocando tudo, ria tanto que nem conseguia explicar pro meu pai o que eu tinha falado, e demorei anos pra entender que tinha invertido as coisas, como se eles não fizessem isso todos os dias naquela casa, fiquei tentando lembrar da frase certa que minha tia sempre dizia, será que não era Maomé?, pensava, mas não fazia mais diferença, ela e papai já estavam se abraçando na porta do quarto, falando baixinho do jeito que eles costumavam fazer antes de se trancarem por horas, só os dois, dizendo pra gente não abrir a porta, eles precisavam fazer uma coisa pro bebê, o médico que mandou, ela sempre falava isso rindo antes de entrar no quarto, meu irmão me perguntava será que a mamãe e o papai tiveram que fazer a mesma coisa com a gente?, você é burro, não falo?, dizia pra deixá-lo bem irritado, contava que quando ele estava na barriga da nossa mãe eles me chamavam pra ficar contando histórias de terror bem perto do ouvido dele, você tá inventando que eu sei, não tinha como você saber onde ficava meu ouvido se eu tava dentro da barriga dela, ele dizia, é que os bebês burros formam primeiro a orelha, explicava, as outras partes crescem só quando eles saem, ele acabava rindo, porque meu irmão sempre ria das coisas que eu falava.

Depois que desliguei com a Cinthia passei um bom tempo tentando entender como tinha conseguido ser tão estúpida, não ela, porque praquele tanto de estupidez não havia explicação, mas como eu não tinha pensado que o velho estaria no mesmo hospital?, tinha acompanhado vários pacientes nos últimos dois anos naquela espelunca, sabia o nome e endereço de cor, reconhecia os médicos, enfermeiros, guardadores de carro, os corredores cheios de gente, tudo tão familiar, como pode deixar escapar uma coisa dessas, sua estúpida?, dizia isso mais ou menos em voz alta quando uma das médicas se aproximou me olhando de forma estranha, era o que também teria feito se visse uma acompanhante esbravejando sozinha no meio de um hospital, mas ela não disse nada, talvez por estar acostumada a lidar com esse tipo de situação, começou a falar do estado de saúde do seu Leopoldo e, embora eu balançasse a cabeça em sinal de aprovação continuadamente, não estava ouvindo nada do que ela falava, só lembro de perguntar do filho, do filho do seu Leopoldo, este sim existia, pensava, já avisaram ele?, que bom, conforme ela ia me dizendo que estava tudo sob controle ou não, poderia também estar me contando dos poucos dias de vida que ele tinha porque não estava escutando nada, mas assim que soube que o filho estava indo pra lá, me despedi dizendo que voltaria logo, estava com outra emergência, outro paciente, mas você é médica?, ela chegou a perguntar, fui saindo, não, tratadora de idosos, tratadora não, cuido de velhinhos, mas esses moram comigo, depois explico melhor, me enrolei toda na despedida, mas que importância tinha isso se a Cinthia estava chegando?, precisava desmascará-la, ouvir o médico do velho do 27 dizendo que filho mesmo ele não tinha, mas que um amigo do interior, quem sabe um companheiro de baralho, estava ali acompanhando aquele pobre infeliz, a libélula gerente ficaria sem graça, no mínimo, andei muito por aquele hospital, passando por todo tipo de gente destruída, nada do velho nem da Cinthia, filas enormes, era óbvio que ninguém ali me daria informações, mas depois, muitos corredores e gazes depois, dei de frente com ela, numa conversa com uma médica, que ela interrompeu assim que me viu, falando é ela quem mais acompanha esse paciente, tantos anos de clínica, tantos velhinhos pra cuidar, não sabia dessa história, você sabia?, disse se dirigindo a mim, que ele tentou atentar contra a própria vida há alguns anos?, minha vontade era dizer que ela não precisava usar esse tipo de expressão pra dizer que o velho tentou se matar, vazar daqui, dar cabo daquela existência inútil, fim, puft, chega, mas disse apenas não, claro que não, que coisa triste, enquanto pensava que o mais importante era que nem pra isso ele tinha servido, nem pra colocar o ponto final o velho teve competência, era a respeito disso que deveríamos estar falando, do trabalhão que ele deu depois de não ter acertado o cérebro no lugar que deveria, de raspão, que tipo de desastrado faz isso?, mira na têmpora e passa de raspão pelo cérebro, uma cena quase lírica, começando com um projétil que desliza pelo cabelo na parte lateral do rosto, afaga pele e músculos antes de abraçar um dos ossos cranianos desenhados pra proteger o cérebro, uma caixa rompida em milésimos de segundos, as primeiras barreiras ultrapassadas, a uma velocidade impressionante, invadindo a carcaça de cálcio, fósforo, sódio, colágeno, um buraco circular, uma fenda molhada pelo sangue que já invade toda a superfície, a carne queimada, cheiro de quermesse, bem ali na cabeça do velho, o pinhão instalado na parte interna, mas passando de raspão pelas membranas fibrosas e derramando o líquido que deveria protegê-lo, todo o sistema nervoso central abalado, o projétil ali, descansando no encéfalo e esfacelando toda sua capacidade cognitiva, a pouca que esse homem miserável tinha, comprometendo a fala, a memória, as emoções que ele nunca soube demonstrar, o alívio de nunca mais precisar se lembrar, a inaptidão de imitá-la, nem isso, nem pra repetir o que mamãe fez meu pai serviu.

Sua apatia era nítida, mas na época dizia pro meu irmão que ele estava dormindo de olhos abertos, e mesmo a gente se cutucando na frente dele, dizendo coisas que antes nos renderiam um castigo de muitos dias, sem televisão e doce e muito menos hambúrguer, papai não dizia mais nada, quase nada, desde que contou pra gente o irmão de vocês não vem mais, não vem por que, pai?, a gente quis saber, mas ele disse que não sabia, também não entendia, talvez porque a gente falava palavrão demais e não escutava nunca o que ele dizia, sem falar no jeito que a gente tratava ela, a mãe do bebê, deve ser por tudo isso que ele desistiu de vir, depois disso ele não tocou mais no assunto, na morte do nosso irmão que ele nunca chamou de morte, nem a gente, por um tempo acabei achando que era mesmo culpa nossa o bebê ter mudado de ideia de repente, escolhido outra família, uma casa com mais quartos, menos irmãos, uma mãe com menos batom, um pai mais alegre, um lugar com quintal, que tivesse uma cama de verdade que não fosse um sofá, mas depois, quando descobrimos que ela também tinha desistido, que a Yolanda não aparecia mais, comecei a pensar que o bebê pudesse ter feito isso por nós, sabia melhor do que ninguém que ela não prestava, ele dentro da barriga dela, escutando seus pensamentos, compartilhando das suas maldades, pode ter pensado que por mais chatos que eu e meu irmão fôssemos, não mereceríamos conviver com ela, desistiu de vir pra fazer com que ela não viesse mais também, funcionou, Yolanda nunca mais colocou os pés naquela casa, que não era nossa, mas que também não seria mais dela, até quando papai ficaria daquele jeito?, sem ouvir as coisas que a gente falava?, mais do que antes, ouvindo menos ainda do que ouvia antes, sem ter vontade de fazer nada, nem ocupar a nossa cama-sofá com seu futebol, mas sempre com sono, quase sempre dormindo, quando aparecia, claro, o que também começou a acontecer com muito menos frequência, a gente morando com minha tia, naquela casa que também não era nossa, mas pelo menos a Yolanda não visitava, e tinha menos silêncio, porque a voz da minha tia fazia questão de invadir cada pedacinho daquele lugar, entrando por debaixo da porta, sentando no sofá, usando a escova de dentes, penteando o cabelo, participando de todas as refeições, sempre de barriga cheia, ao contrário de como era no papai, na casa que agora ele dizia que era grande, mas era a mesma, isso a gente sabia, ainda sem quintal, sem cama, com a mala perto do banheiro, mas ainda sem gavetas pras cuecas do meu irmão, o tapete ensopado que a gente molhava só porque ela não estava lá pra mandar a gente secar, às vezes torcia pra que ela entrasse só mais uma vez pela porta da frente, bem quando estivéssemos mexendo em uma das coisas que tinha esquecido por lá, seu chapéu panamenho, por exemplo, que ela fazia questão de dizer que era importado, caro, que não podíamos mexer, acabamos dobrando tanto que chegou a ficar do tamanho de um cubo mágico, ou de uma das calcinhas que recortamos tentando fazer um coelho, mas que ficou com uma orelha só, os batons que usávamos pra fazer desenhos no papel sulfite, torcíamos pra ela aparecer só mais uma vez, pra poder ver que continuávamos ali com papai, mesmo com ele um pouco diferente, mas sem marcas vermelhas no pescoço nem camisas manchadas, apesar do silêncio, que também era espaçoso igual à voz da minha tia e entrava em cada pedacinho daquele apartamento, dormindo com ele na cama no mesmo lugar que ela dormia, almoçando com a gente, tomando café da manhã e jantando, na hora que a gente queria brincar, mas papai não queria, e até no carro descia com a gente no elevador, ia sentado ao lado dele, no banco da frente, enquanto eu e meu irmão íamos na parte de trás, mas menos no banho, lá o silêncio não entrava, ao contrário do meu pai, eu sabia imitar a mamãe.

Era assustadora a ideia de a velha me reconhecer, e nas várias noites em que passei acordada imaginando como seria nosso reencontro, criei tantos cenários possíveis que poderia ter transformado tudo numa novela, cheguei a elencar algumas atrizes que poderiam ocupar o papel de Yolanda, embora soubesse que aquela era uma história pesada demais pra irromper no meio da sala das pessoas, jogando verdades e destruindo sonhos, traumatizando crianças que se preparavam pra fazer a lição da escola, sem falar das donas de casa, ainda trajando aventais salpicados de folhas de alface e caldo de feijão, depois da louça do jantar lavada, com tanto serviço por fazer, uma velha prostituta na televisão, roubando o homem da outra, era isso que elas diriam pouco antes de mandarem as crianças pro quarto, vão agora, se tiver que repetir isso a coisa vai ficar feia, sem desligarem a televisão, ainda esbravejando sobre a qualidade da programação, essa porcaria, só besteira, onde já se viu trocar uma moça bonita daquela, a mãe dos próprios filhos, por uma sem futuro como essa?, controle remoto na mão, mas ainda sem coragem de desligar a tv, olha lá a vagabunda levando o homem da pobre infeliz na mão grande, aí na parte em que Yoyô ocupava o banco da frente ao lado do meu pai, com a desculpa do atraso no lava-rápido, enquanto mamãe preparava o almoço, elas diriam e essa menina?, misericórdia, essa menina diaba nem pra avisar a própria mãe, sabia de tudo a infeliz, saída da barriga da outra, nove meses ali dentro gerando a inimiga, que traição, homem não presta, tudo igual, mas a menina, com essa carinha, ninguém pensaria, elas repetiriam já se acomodando na ponta do sofá, imaginando que poderia ser com elas, que a criança no quarto fazendo lição poderia também estar apunhalando aquela mãe pelas costas como eu havia feito, inventando histórias depois dos passeios com papai, fingindo não ouvir o que minha mãe me perguntava, aumentando o som da televisão, igual aquelas mulheres faziam agora, pra ouvir melhor a voz da amante, da puta Yolanda que destruía aquela família, o cheiro forte de alho saindo daquelas mãos, das mãos das mulheres que secavam aquele inconformismo no pano de prato, mas sem conseguirem apertar o botão, desligar a TV, voltar pra suas vidas lastimáveis, talvez por no fundo saberem, por desconfiarem que havia dezenas, milhares de Yolandas espalhadas pelo mundo, naquele bairro, duas ou três casas depois, prontas pra ocuparem o banco do passageiro, descansarem suas mãos nas pernas dos maridos alheios, que diziam estar trabalhando, mas no fundo estavam planejando partir, deixar tudo pra trás por conta de uma filha da puta como aquela, uma mulher sem alma, sem vergonha na cara, pensava nisso, ainda na porta da casa, segundos antes de dona Cláudia me receber pra primeira visita, a entrevista de emprego que me colocaria frente a frente com aquela rampeira, que jamais suspeitaria, nunca imaginaria que ali, do outro lado da porta estava a filha do homem que ela tanto usou e depois abandonou, mesmo depois de ele ter largado tudo por ela, depois de sua mulher, a oficial, ter tirado a própria vida por causa daquela traição, por não ter conseguido suportar a ideia de ver o marido indo embora com outra, mesmo depois de ter arruinado com a nossa família, e se ela me reconhecer?, se a velha gritar meu nome assim que colocar os pés dentro da casa, mesmo duvidando que ela lembre dele, ela quase nunca dizia meu nome, preferia dizer sua filha, instantes antes de encontrá-la, depois de todas as noites em claro pensando nos anos que se passaram enquanto imaginava como reparar tudo aquilo, por que, menina?, por que você não contou pra sua mãe?

Há um compasso que se estabelece, um ritmo que se impõe, que vai ditando hábitos triviais numa rotina que garante a sobrevivência dos humanos, dos mais infelizes aos mais realizados, ou mais alienados, dessa gente que não sabe exatamente o que faz por aqui, mas que acorda todos os dias e repete movimentos que asseguram que os dentes sejam escovados, que o cabelo seja lavado, a dobra da bunda, aquele suor ardiloso que se instala ali, seja retirado com uma frequência que permita um convívio social, uma possibilidade de ida à padaria, ao armazém, ao mercado ou mesmo à casa lotérica, mas meu pai parou, ficou incapacitado de reproduzir a rotina, como um animal, um bicho que por não suportar a tristeza e o desamparo estancou sem aceitar a perda de seu dono, a mudança do cheiro da casa, definhando, sem comer, abandonando os potes de água e ração à própria sorte ou a outro animal, um cachorro vizinho com quem tanto disputou ganidos na madrugada, mas que agora se fartava se apossando da sua comida, do seu pedaço de terra, pelo simples fato daquele pobre cão não poder mais seguir sem o cheiro do seu dono, da sua dona, todos os dias, durante anos, talvez meses, porque o corpo do cão não suportaria tanto, aguardando no mesmo horário a chegada da sua fiel escudeira, sua pastora, balançando o rabo, primeiro mais, depois menos, com menos força, menos ímpeto, nada de a dona cruzar a porta, nem da sua voz percorrendo os corredores da casa, mesmo que seja pra brigar, pra dizer que ali não era lugar de fazer xixi, no castigo, trancado e sem acesso, descansaria feliz pela simples volta da dona, mas nem isso, nem depois de comer alguns pés de cadeira, rasgar partes importantes do sofá, destruir tapetes e cortinas, nada foi capaz de trazê-la de volta, mesmo seu óculos de sol, que ela não largava de jeito nenhum, intocável sobre o móvel

ao lado da poltrona, nem do óculos ela sentira falta, que
dirá do pobre cão, agora já mais envelhecido, com o passar
dos dias, as vasilhas abandonadas, a barriga murchando
mais e mais, sem conseguir levantar, imagina então o rabo?,
derrubado, desassistido, até o dia em que seria levado pelo
carro da prefeitura pra um depósito com outros cães de-
senganados, visitando o céu dos bichos, fazendo amizades
com araras e rolinhas, se reavendo com gatos, descobrindo
as lontras, sendo apresentado a Noé, elogiando a embar-
cação, a qualidade da madeira, ainda mais naquela época,
que belo trabalho, reconheceria, enquanto aqui, no reino
dos mundanos, humanos infelizes seguiam repetindo os
mesmos hábitos, mesmo sem apetite, sem qualquer vontade, mas escovando os dentes, tirando a acidez das axilas,
reproduzindo os costumes, se dedicando às suas tigelas
de comida, a seus potes de água, ignorando seu próprio
rabo, o suor do próprio rabo, há tempos sem se mexerem,
já esquecidos da típica voz, dos uivos e ganidos que tanto
bradaram, reproduzindo estoicamente, às vezes com mais,
outras com menos esforço, as funções vitais, como meu
pai, que primeiro foi emudecendo, perdendo a cor, era
o que minha tia dizia pro meu irmão, que ainda morava
com ela, seu pai tá perdendo a cor e outras coisas, ele não
entendia e me ligava pra perguntar, não quero que ela
pense que sou burro, igual você pensa, ele dizia enquanto
tentava pensar em coisas que a gente pudesse fazer pra
alegrar meu pai, que na frente dele eu ainda chamava de
papai, pra gente alegrar o papai, mas nos poucos encontros,
nas vezes em que ele conseguia alargar seus hábitos vitais
pra uma saída qualquer comigo e com meu irmão, ficava

claro que nada, a não ser talvez tentar trazer aquela puta de volta, deixaria ele melhor, buscar Yolanda em qualquer lugar que seja está fora de questão, absolutamente fora de questão, você me ouviu?, disse pro meu irmão algumas vezes, falando mais alto até, às vezes dando menos atenção por causa da faculdade, das provas, dos trabalhos que tinha de entregar, da ideia de escrever um livro depois de um longo papo com um professor, esquece isso, dizia, vai passar, prometo que vai passar, daqui a poucos anos vou trazer você pra morar comigo, numa casa com cachorro, ele amava a ideia de ter um cachorro, talvez por imaginar que ele, ao contrário da minha mãe, do meu pai e de mim, ficaria com ele pra sempre, abanando o rabo à sua espera, relegando tigelas por um simples atraso de seu dono, você vai poder escolher o nome, claro, eu dizia, uns anos, passa rápido, quantos?, ele queria saber, mais que dois, menos que dez, isso com certeza, esqueça essa mulher, papai vai ficar bom, me promete que não vai fazer nada, prometo, sabia que ele era burro, que meu irmão era um jumento, mas mentiroso, não.

O nascimento de um burro é por natureza a mistura equivocada entre duas espécies, um jumento e uma égua, que se encontram no pasto enquanto caminham despretensiosamente, talvez à procura de uma dieta mais fibrosa ou apenas escolhendo um lugar reservado pra depositar suas fezes, uma brisa bucólica pra despentear a crina, arejar os pensamentos, longe dos primos burros, das noras éguas, um espaço de deslumbramento particular, um pedaço de tronco pra roçar seus corpos tomados por berne, quando ao final da montanha, naquele pedaço de chão entrecortado pela terra batida, por nuvens que se encontram, quase se esbarram, num primeiro momento, uma primeira troca de olhares atulhada de certo constrangimento, mas depois ambos mais tranquilos com a presença do outro, ao som de pássaros, nem pensam mais na própria berne, na coceira que se esvai com o vento, um torpor equino, um êxtase quase que imediato que os faz esquecerem, ele da jumenta, ela do cavalo, inocentes aguardando os cônjuges que saíram pra pastar, esfriar a cabeça, buscar pastos melhores pra suas famílias, as horas se estendem, eles inebriados pelo calor daquele encontro, as coxas em fricção perfeita, o dorso suado, uma quinta pata despontando galopante em direção à fêmea, o mundo ao redor emoldurado em silêncio absoluto, internamente os gritos do cruzamento, do coito inesperado, o encontro com a genitália dela, a revoada sobre eles, enunciando a traição, que, onze meses depois, desgraçará gerações e gerações de equinos, meu pai e Yolanda, um acasalamento desonesto, onde teria sido, afinal, o topo da montanha deles?, onde se conheceram, pra depois, ali, na minha frente, descansarem suas mãos sobre as pernas um do outro?, quanto tempo antes do suicídio de mamãe?, será que as éguas também tiram a própria vida?, e os jumentos?, pela falta de remédios, de pílulas como as que a mamãe tomou, poderiam acelerar rumo a um desfiladeiro e seguir, mesmo sabendo da falta de arame farpado, do infinito que os espera depois daquele monte, tudo pra não lidar com a desonra frente aos outros animais?, frente aos primos jegues que jamais deixariam uma coisa dessas passar, será que foi nisso que minha mãe pensou segundos antes de desabar no chão daquele banheiro?, nos vizinhos, na família do meu pai, na minha tia, que tanto dizia você precisa colocar um ponto final, um fim viável, o que foi possível pra mamãe, tudo pra não ter de lidar com a barriga da outra crescendo, da égua Yolanda grávida do marido alheio, você sabia da gravidez, mamãe?, menos de nove meses, aquele bebê burro morto na barriga dela, mamãe, liquidado, vingado pelo céu dos bichos que não deixaria um outro burro povoar a nossa família, mais um irmão burro, mas de outra espécie, um burro genuíno, não como meu irmão, apenas tolo, desprovido de sagacidade, um burro raiz, fruto do cruzamento de um jumento e uma égua, ambos traidores, ambos desbravando pastos alheios, o primeiro bebê morto da leva de jumentos que pretendia tomar nosso clã, depois o meu, anos mais tarde, o jegue fecundado pelo sêmen do primo Ivan, que também não deixaria estar entre nós, uma geração interrompida de espécies perturbadas, uma leva de gente ruim a menos no mundo, se você soubesse, mamãe, que aquela égua não conseguiria concluir sua gestação, você teria ficado feliz, não teria?, teria ficado entre nós, não teria?, só pra acompanhar o sofrimento dele, não do jumentinho morto, mas o do papai, o burro genitor que foi definhando dia após dia, tomado de uma tristeza enorme, muito maior do que com a sua partida, isso é verdade, mas ainda assim, mamãe, ainda que anos depois você descobrisse como eu que aquele burro chegou aos onze meses, que aquele jumento bebê não foi derramado na privada como o meu burro bebê, ainda que você soubesse que não conseguimos de fato exterminar a geração de jegues delinquentes, ainda assim, mamãe, ainda que você soubesse que aquela puta equina teve meu irmão, você teria ficado, teria sobrevivido, e talvez nunca soubesse, talvez tivesse envelhecido ao meu lado sem saber que meu pai teve outro filho, que temos um burro com meu sangue e do meu irmão no mundo, mas que papai morreu sem saber disso, talvez fosse o bastante pra te vingar, acalentar sua alma, porque aquele homem, aquele animal que buscou pastos que não lhe pertenciam morreu sem conhecer seu jumento bebê, morreu feito um burro.

Quando ele dividiu aquilo comigo pela primeira vez, quando meu irmão materializou o desejo de procurar a Yolanda pra tentar aliviar a dor do nosso pai só consegui dizer essa é uma péssima ideia, o que hoje entendo não fazer sentido nenhum, minha fala não teve sentido, principalmente depois de descobrir através de um filósofo, acho que alemão, suponho que seja alemão, que uma ideia nunca é boa nem ruim, na medida em que ela é apenas um pensamento, e, pra se mostrar de fato qualificada ou não, tem de deixar de ser uma ideia pra se tornar uma ação concreta, uma atitude, abandonar sua roupagem de ideia e caminhar por outras paragens, perdendo até um pouco de seu charme e elegância, assumindo formas, contornos e certa assertividade, porque na medida em que se entende como ação assume compromissos muito mais sérios que enquanto ideia nem poderia supor, mas chamei de péssima a inveterada abstração do meu irmão, péssima com elevado grau de intensificação, despejando sobre ele uma proparoxítona certeira e afiada, que se entendia somente como proparoxítona, claro, mas que ali eu transformava em uma adaga afiada, colocada rente à pele do meu irmão, que, no alto de seus doze anos, havia encontrado um papel na casa do meu pai com o endereço da madrasta, ele a chamava assim, de madrasta, como se precisasse nomear aquele não-lugar que ela impunha pra gente, mas disse não, de jeito nenhum, tá me ouvindo?, ela tem que ficar longe do papai, longe de você, longe da gente, não tem mas, tá me escutando?, esquece isso, vai fazer sua lição, ver alguma coisa na TV, disse aos berros pra alguém que deveria estar preocupado em descobrir seu corpo, em desbravar o seu início de pinto, arriscando suas primeiras punhetas, mas estava tomado pela ideia de salvar o pai, de fazer por ele o que não tínhamos conseguido fazer pela mamãe, mas naquele dia, naqueles vários dias em que essa ideia, que não era nem boa nem ruim, nos dias em que ele tentou dividir comigo seu plano, este sim, que poderia ter sido julgado, mas que nem deixei ele explicar, naqueles dias em que estava sempre com pressa, precisando desligar o telefone pra me ocupar das tantas coisas da faculdade, primeiro ano, meu professor demandando tempo pra falar do projeto, do livro que ele disse que estava na minha cabeça, está aí pronto, e que também me rendeu noites de sono desperdiçadas à procura dele, do livro que não achava nem dentro nem fora da minha cabeça, não atendi nem na primeira nem na segunda vez, e só me dei conta, só peguei o celular quando o número de ligações já passava de dez, minha tia havia ligado muitas vezes, logo agora, pensava, algum problema, porque é só pra isso que ela me liga, pra reclamar de alguém, do meu irmão quase sempre, do meu pai sempre, mas tantas assim, tantas ligações, saí da classe, fui andando pelo corredor, primeiro no centro dele, depois encostando nas paredes arranhando um pouco o antebraço pelo chapiscado da textura, enquanto ela dizia aos berros que ele estava embaixo de um ônibus, quem?, do que você tá falando?, tentava intervir aquela fala confusa, mas ela ia empilhando fatos, detalhes que não precisaria saber, não queria saber, tão pequeno, aquele corpinho esmagado na avenida, quem?, meu braço já arranhado, depois as costas, que foram deslizando por falta de perna, das pernas que foram amolecendo, minha cabeça pensando finalmente, meu primo finalmente fora desse mundo, quem?, o seu menino estuprador, queria ter dito, mas o chão gelado da universidade, como assim corpinho?, atravessou fora da faixa, correndo, ele não viu quando o ônibus estava vindo, menos um estuprador no mundo, um menino ruim, mas corpinho?, não estou conseguindo entender, tia, o que aconteceu com o Ivan?, aí ela parou, pela primeira vez se calou, talvez pelo fato de ter pensado por alguns segundos, alguns milésimos de segundos, como seria se o corpinho embaixo do ônibus fosse o do filho dela, instantes de uma mãe órfã, pra depois conseguir dizer, gritar, não, claro que não, seu irmão foi atropelado, menina.

No meio do corredor, uma médica impaciente tentava se livrar da Cinthia, explicando que a situação era muito grave, que ele tinha piorado, um quadro infeccioso, um velho esvaído, ela provavelmente teria dito, mas sua ética médica ainda predominava, apesar das macas atravancadas pelas perguntas sem sentido da gestora da casa de repouso, será que ela fazia isso com todos os pacientes?, claro que não, ainda que fosse a pessoa mais apegada aos velhos daquele lugar, como a Joana que mendigava abraços flácidos, que além de beijos babados distribuía segredos alheios, os meus, pelo menos, ainda assim ela não teria tempo de interrogar sobre cada velho internado, ainda mais num hospital público, mas naquele dia a Cinthia obrigou a doutora a repetir as mesmas respostas, como se precisasse a todo custo salvar aquele homem que ela nem conhecia, já eu ignorava tudo aquilo, imagina se esse homem agora virou um papagaio falador?, absurdo, apesar de ela insistir ao telefone, primeiro na sala dela, depois ao telefone, que o paciente estava tentando falar, queria conferir com meus próprios olhos a palestra que ele daria naquela tarde, talvez no quarto ou numa sala de conferências do hospital, um hospital público sem leitos suficientes, mas com uma ampla sala de reuniões pra pacientes sem cognição que decidiram voltar da beirada da morte pra trazer ideias de uma vida saudável e próspera, imaginando como ele iniciaria aquele simpósio, talvez se apresentando, dando seu nome verdadeiro, não aquele que utilizei no registro do asilo, dizendo boa tarde, meu nome é Raul, por razões que desconheço estou de volta, se bem que não imagino aquele velho ignorante usando palavras tão calibradas, por isso talvez dissesse apenas, oi, me chamo Raul, estava indo, mas resolvi voltar pra contar minha história pra vocês, compartilhar de aprendizados que me foram muito caros, mas isso ele também não diria, meu pai dizendo me foram muito caros?, então poderia falar apenas que teve uma história de vida muito divertida, engraçada, que valeria a pena, mesmo num hospital sem leitos como aquele, tomar o tempo de vocês, estou aqui tomando o tempo de vocês por motivos deveramente nobres, papai dizendo deveramente nobres?, talvez uma pessoa com menos humor do que eu, uma pessoa sem senso de humor, estivesse aqui mais entristecida, chorando, porque tudo depende de como você escolhe contar uma história, de que jeito você vai tratar os acontecimentos, mas não sou o tipo de cara que vai vir aqui, ainda mais num hospital como este, pra piorar ainda mais as coisas, criar mais tristeza, isso eu não faria, talvez pra alguns menos animados esta pareça uma história triste, mas haverá entre vocês, há de haver, desconfio que ele usasse esses termos ou coisas parecidas com isso, há de ter entre vocês os que vão ver graça numa vida como a minha, um homem enganado, traído pelas duas mulheres que teve, digo teve de verdade, que amou com todo o coração, embora a primeira tenha sido mais esperta do que todos nós, mais esperta que vocês, inclusive, encheu a cara de remédios pra ir embora daqui antes, quando quis, na verdade, coisa que também tentei fazer, ir embora daqui antes, mas não consegui, não fui eficiente como aquela ordinária, digo ordinária mais por inveja do que por ressentimento, inveja de ter conseguido e eu não, fiquei definhando numa cama, babando, gemendo, porque a outra mulher, aliás é uma história de belas mulheres, todas que me traíram, que armaram contra mim, até minha filha, que tirou o próprio filho, matou meu neto, que era filho do meu sobrinho, vejam vocês, essa menina não dá ponto sem nó, isso a gente precisa admitir, mas teve a outra, a mulher com quem eu construiria uma nova vida, num apartamento novo, que estava grávida do meu terceiro filho, além dos dois primeiros que tive com a desmioladinha que se matou, tive mais um com a outra, que nem era pra ser a outra, seria a oficial a partir daquele momento, mas ela resolveu me largar, pior, dizer que nosso filho tinha morrido, mas não é bem assim, quer dizer, não foi bem assim, são tantas coisas, se estivéssemos num ambiente melhor poderia contar os detalhes, porque é nos detalhes que o diabo mora, voltei pra compartilhar tudo direito, mas sei que o tempo de vocês é curto, e talvez neste momento da palestra meu pai percebesse o absurdo de tudo que estava falando pra uma plateia que precisava de mais ajuda do que ele, imaginava tudo isso enquanto a Cinthia com têagá seguia ali, parada na minha frente me perguntando alguma coisa que ela deve ter repetido diversas vezes, dada a irritação que já demonstrava na voz, mesmo no jeito que mexia com aquele cabelo que nunca esteve tão seboso, querendo saber se estava ouvindo, como sempre ela me perguntando se eu estava ouvindo o que ela dizia, apesar de todos os sinais que já havia dado de que não, não estava prestando atenção em nada do que falava, nesse momento minha amiga passou, agora sei que era ela, mas naquela hora era apenas uma médica meio atrapalhada que parou do nosso lado pra me perguntar é você mesmo? lembra de mim?, claro que você lembra, né?, não me diga que não, ela falava agarrando meu braço, meio eufórica, muito surpresa de me ver ali, desde quando? daquele dia do pátio, das coxinhas, dos pães de queijo, do misto quente, da passagem de ônibus que decretavam nosso futuro, da nossa crise de riso?, não, nos vimos depois, minha amiga que foi sumindo, fomos desaparecendo uma pra outra, nem foi por causa do você tá fodida, não foi isso, claro que não, médica?, você médica?, ela confirmou, acredita?, nossa, quem diria, tanta coisa de lá pra cá, mais de vinte anos?, talvez isso, naquele corredor entre enfaixados e gemidos, ela se oferecendo pra me ajudar, está com parente aqui?, não, paciente, não, médica não, sou cuidadora de idosos, me fodi mesmo, mas isso eu não disse, a Cinthia no canto do corredor, atropelada, como meu irmão, mas por macas, me fazendo gestos enquanto eu caminhava com a médica, com minha amiga, pra longe dali.

A gente pequeno, ainda na casa do papai e da mamãe, um dia comum pressupunha quase sempre tentar tirar meu irmão do sério, gostava de fingir que não tinha visto ele deitado no sofá, largava meu corpo em cima dele, que só se dava conta da minha presença quando já estava com a respiração comprometida por conta de alguma parte do meu corpo, ora pela minha cabeça, ora pelo meu braço, ou mesmo pelas minhas mãos que agarravam seu pescoço enquanto ia desferindo dizeres ameaçadores que o faziam quase sempre deixar o lugar pra mim, às vezes entre lágrimas, mas quase sempre segurando um riso irritado, você vai ver quando a mamãe chegar, vou contar tudo pra ela, eu replicava com onomatopeias variadas mimimimimi senta aqui do meu lado seu chorão, ou blablablabla você não vai crescer nunca mesmo, quando o sofá já não era nosso, na casa da minha tia, ou mesmo na nossa cama-sofá, na casa nova do meu pai com a mulher dele, já não conseguia largar o corpo em cima dele como antes, talvez porque sempre tivesse alguém olhando com cara feia, esperando a gente fazer qualquer coisa pra dizer parem agora, por isso me limitava a arremessar almofadas quando ele estava levando o copo à boca, e antes que pudesse me acusar de qualquer coisa, eu já levantava a voz dizendo olha o que você fez no sofá da tia, ou ainda pai, seu filho derramou suco de laranja na almofada, no começo ele chorava, me chamava de covarde tentando se defender das broncas que brotavam de direções diferentes, mas conforme meu irmão foi crescendo, acho que entendeu que havia ali algum tipo de código que nos transportava pra um lugar só nosso, de uma brincadeira só nossa, começou a responder rindo, me xingando baixinho de coisas que só um irmão pode dizer pro outro sem acabar com a relação pra sempre, tratando de buscar o pano pra limpar o sofá enquanto me escondia pra rir alto, pensando em novas formas de surpreendê-lo, amassá-lo, mas de um jeito bem menos violento do que aquelas cinquenta e poucas pessoas que estavam dentro do ônibus naquele dia, algumas em pé, mas a maioria sentada, algumas com fones de ouvido, imagino, mas acho que muitas delas só olhando pra fora da janela tentando respirar, avistar a referência pra próxima parada, preocupadas com o relógio, imaginando o que diriam desta vez pro chefe aborrecido que, por não utilizar transporte público, sempre remetia os atrasos a uma falta de compromisso, tava lotado de novo?, ônibus lotado de novo?, pode ser que, apesar do atestado de óbito indicar perfuração do pulmão, meu irmão tenha morrido por falta de dinheiro daquela gente, que não conseguiu comprar um carro, uma moto, por isso teve suas costelas amassadas por quase seis dezenas de pessoas, ou ainda por causa do alcoolismo da esposa do motorista que, na delegacia, disse aos prantos que tinha dormido muito mal por causa dos ataques da mulher bêbada, ou por conta de um governo que concedeu férias pagas pra diretora da escola em que ele estudava, o que fez com que ela se ausentasse de lá, deixando no seu lugar uma supervisora jovem que aceitou a desculpa esfarrapada do meu irmão pra ir embora pra casa mais cedo, sem antes confirmar com algum responsável se era mesmo verdade que ele estava fazendo um tratamento dentário, que a mãe o esperava na esquina, que a mãe morta o esperava na esquina, mas tudo indica que o maior culpado foi mesmo o meu professor, primeiro o do colegial que me mandou focar nos estudos pra passar em uma faculdade pública, porque era uma aluna di-fe-ren-ci-a-da, e depois o de literatura comparada que me convenceu de um projeto que ele dizia estar pronto na minha cabeça, tá tudo aí, que nunca consegui encontrar, mas que me fazia esquecer o resto e passar tempo demais na biblioteca da faculdade ou enfiada com a cara em livros de pessoas que nunca perderam uma mãe, muito menos um irmão amassado por sessenta e sete pessoas, porque além das que estavam naquele ônibus, tinha as outras que estavam do lado de fora amassando meu irmão há anos, igual à bola murcha que a gente deixou atrás do vaso na antiga casa dos meus pais, porque no dia da mudança ele não pode esperar a gente pegar tudo, deixa ela, eu disse, deixa a bola, até porque ninguém podia saber do nosso esconderijo, ainda mais com tantas plantas no quintal pra gente matar com chutes nada certeiros, era lá que a gente escondia o brinquedo proibido, assassino de samambaias, como a gente chamava, tá murcha, repetia, totalmente murcha, enquanto ele era arrastado aos berros pelo meu pai, deixando pra trás um quintal vazio, um irmão morto talvez seja mesmo um imenso quintal vazio.

Tentei perguntar várias vezes pra Madalena sobre hábitos que envolviam a rotina daquela família, não assim, de supetão como pode parecer, mas sempre movida por algum tipo de trabalho que a gente estava fazendo naquele momento, me valendo de um móvel mais antigo da casa, explorando possibilidades pra descobrir coisas com perguntas indiretas, igual minha mãe fazia comigo quando queria saber sobre minhas saídas com papai, muitos anos que eles moram aqui?, faz muitos anos, né?, ela sempre mudava de assunto, alegando não saber ou não prestar atenção nessas coisas, ou ainda pior, dizendo que não se metia na vida dos patrões, você devia fazer o mesmo, com o tempo as respostas foram ficando cada vez mais grosseiras, objetivas, um comportamento estranho se tratando de uma pessoa sempre muito generosa e paciente com todos, até comigo, mesmo com todas as piadas e comentários inadequados que eu fazia sobre aquele menino, hoje entendo que aquelas perguntas eram na verdade desnecessárias, porque desde que peguei o papel que meu irmão achou, o papel com o endereço da amante do meu pai, sabia onde a porca da Yolanda morava e que tinha mudado de endereço pra não ser achada, o que descobri tempos depois, indo até lá, tocando a campainha de vizinhos, perguntando sabem do seu Rui?, do casal que morava naquela casa? e as pessoas confirmando, contando pra uma estranha do novo endereço da família, passando o telefone, eu me dizendo sobrinha da puta de araque, aquela gente acreditando, cheguei a me ofender com a possibilidade de nos acharem parecidas, queria ter gritado claro que não, claro que não sou parente daquela delinquente, mas precisava da informação, sabia que iria se mudar, não ficaria morando no mesmo lugar correndo o risco de papai achá-la, atravessando a rua com um carrinho de bebê meses após ter desaparecido, meses depois de ter dito que ele não teria mais um filho com ela, a criança morreu, de quê?, ele deve ter feito essas e muitas outras perguntas, ainda mais ele, um homem que só experimentou o amor com ela, só praticou isso com aquela mulher, não bastasse perder o filho, o fruto daquele encontro, perdera também a amante de pernas rijas, abertas e disponíveis pra ele, logo agora, que não tinha mais a mamãe pra atrapalhar seus encontros, nem a gente, nem eu e meu irmão que morávamos com minha tia, uma casa só pra eles, um quarto de bebê que estava sendo feito com todo o dinheiro que meu pai dizia pra minha tia não ter pras nossas despesas, mas a cada visita naquela casa, a cada visita na nossa cama-sofá uma cor nova nas paredes do quarto do irmãozinho, um brinquedo e uma bola, já, papai?, meu irmão perguntava, ele dizia claro, porque ele seria jogador de futebol, que nosso novo irmão que nem nome tinha seria o maior jogador de futebol de todos os tempos, quando meu irmão, o velho irmão, perguntava se poderia ensiná-lo a jogar, quando queria saber se teria algum espaço, ainda que fosse como professor daquele feto esportista, a velha Yoyô, que era a nova Yoyô naquela época, respondia não, né? perna de pau feito você, vai acabar fazendo o menino desaprender, eles riam, ela e meu pai riam, enquanto eu chamava ele de burro, é um burro mesmo, falava empurrando meu irmão por aquele apartamento pequeno, que depois ficou grande, muito maior do que antes com o sumiço da mulher amante mãe do bebê jogador, que sem filho, já sem a criança deve ter dito pro meu pai c'est fini, acabou, deixando o velho prostrado na nossa cama-sofá, mas sem desmontar o quarto do craque, sem retirar uma mobília daquele lugar, esperando talvez que ele também ressurgisse do vale da morte, tal qual imaginava meu pai fazendo naquele hospital, empunhando o microfone pra uma grande palestra de doentes, com uma chuteira e um troféu, o filho amado convidando o papaizinho pra uma partida, mas nem gol nem títulos, o menino nunca voltou, na verdade, nem partiu, também nunca foi íntimo da bola, isso descobri muito antes de saber que aquele homem era meu irmão perdido, no quintal da casa da dona Cláudia, quando ele dizia pra Madalena que era bom que o Leonardo gostasse de brincar de outras coisas, porque de bola ele não entendia nada, ele odiava, na verdade, o Caio, meu irmão sobrevivente, dizia que se dependesse dele, o filho Leonardo não ia pisar num estádio de futebol.

Reencontrei Ivan no dia do velório do meu irmão, assim que me abraçou dizendo que sentia muito, que sentia demais, como assim, meu primo morto?, só consegui dizer mais um, né Ivan?, mais um morto pra essa família de tantos mortos, ele me olhou com os olhos baixos, imaginando que estivesse falando da minha mãe, imaginando que aquela moça que sempre foi meio quebrada, sem mãe, agora ficaria ainda pior, totalmente quebrada, também sem irmão, com aquele pai tão sumido, levou a mão até meu ombro e deu um pequeno aperto, um apertinho que queria dizer mais ou menos força, vai passar, mas o que ele disse foi perder uma mãe e agora um irmão, que merda, mas acho que mãe é pior, não é?, naquele momento achei que meu corpo não conseguiria responder sozinho, como tinha tentado fazer tantas vezes com ele naqueles anos em que me invadia, mesmo meus cotovelos dizendo o contrário, minhas pernas negando a entrada dele em mim, meu pescoço se contorcendo, quase estabelecendo uma volta de trezentos e sessenta graus pra explicar que não queria aquela língua nem aquela respiração ofegante, mas nada daquilo reverberava sobre aquele corpo que insistia em pesar sobre o meu, então, por quê?, ali, no velório do meu irmão, teria de supor que seria suficiente?, que meu corpo, logo ele, daria conta de comunicar qualquer coisa que fosse, que pudesse estabelecer qualquer tipo de limite entre mim e aquela pessoa que permanecia tentando se comunicar comigo, um apertinho, assim, no ombro direito, ou esquerdo, tanto faz, não, Ivan, não estou falando da minha mãe, estou falando do nosso filho, da criança que você enfiou dentro da minha barriga e eu matei, liquidei, assim, com pílulas parecidas com as que minha mãe tomou no banheiro da nossa casa, da casa em que morava com ela e meu pai, da casa que um dia tive, do que você tá falando, garota?, ele me respondeu esquecendo toda a complacência que havia demonstrado desde sua entrada naquele lugar, ao lado do corpinho esmagado do meu irmão, tô falando do seu filho que estava aqui dentro e eu tirei, disse, talvez com a voz um pouco alterada e com movimentos de mãos desenfreados demais, ele meio atônito, andando pra trás, quase amassando o corpinho de novo, mas respaldado pela mãe, pela minha tia que chegou logo atrás pra entender o que estava acontecendo, a menina surtada, deve ter pensado, pudera, com tanta desgraça na família, agora pirou de vez, mas aqui?, ainda mais com meu filho?, foi se aproximando rápido pra evitar uma cena pública, o que está acontecendo?, vou te explicar, tia, e consegui repetir, talvez com as mãos ainda mais vertiginosas, um dedo na cara dela, disso eu lembro, reafirmando, repetindo ainda mais alto, seu neto, tia, estou contando pro Ivan da morte do filho dele, do seu neto que estava dentro da minha barriga, há alguns anos, hoje provavelmente um anjinho, meio esmagado igual a esse aqui, gritei apontando pro caixãozinho, deve ser assim que chamam os caixões menores, de caixãozinho, nem isso ele teve, tia, seu neto morreu sem nem um caixãozinho, porque desceu com a descarga, depois dos remédios que tomei, uma lufada de neto pela privada, essa menina tá louca, tá louca, ela dizia com as mãos na boca, tapando a própria boca, às vezes os olhos, com dificuldade de enxergar o filho, de aceitar o que sempre soube, bem embaixo do seu teto, um filho estuprador é isso que você tem, um destino ainda pior que o da sua irmã, com um filho esmagado e uma filha abusada, puta, não é assim que você me chamava, tia?, louca, você tá louca, ela repetia alto enquanto era afastada pelo meu tio, levada de perto de mim pelo tio espantado, lave sua boca pra falar do meu filho, um neto morto, pra sempre você vai se lembrar disso, nem um velório, nem meia pá de terra pra cobrir o sangue do seu sangue, tudo feito por mim, disse pra ela já jogada nos braços do marido inerte, do vovô emudecido.

Cinthia me achou do lado de fora do hospital tomando um ar, foi o que disse pra ela, que estava tomando um ar, uma amiga de escola, que coincidência, logo aqui, com tanta gente, ela já mais libélula do que gerente de clínica de velho, mexendo mais nos cabelos, menos sisuda, me chamando pra entrar, vamos ver o paciente do 27, claro, respondi, mas antes não podia deixar de perguntar, e o filho, Cinthia?, o filho que você disse que ele tinha?, não vi, gostaria de conhecer, esperando o momento de desmascará-la, que filho, sua dissimulada?, meu irmão morreu com doze anos de idade, de quatro rodas de ônibus, mas isso não tá no laudo, também não tá lá a perfuração por traição cometida pelo meu pai, nem de fratura exposta por conta de uma irmã que não tinha tempo pra ele, sem falar da mãe, parada cardíaca por genitora desistente, ou ainda AVC ocasionado por excesso de madrasta, ela disse, está lá dentro, vamos, vou te apresentar, esse mundo é muito pequeno mesmo, uma coincidência atrás da outra, estava ansiosa por isso, você ansiosa?, mundo pequeno?, o que essa mulher está tramando?, mil pensamentos na minha cabeça, que tipo de pessoa ficaria inquieta com um encontro entre uma cuidadora de velhos e o filho de um moribundo?, íamos caminhando entre os doentes, desviando dos corpos todos, os que estavam em pé aflitos e os deitados, ainda mais angustiados, já em outro corredor, depois de vários quartos, dois andares de escada, um homem de costas com as mãos no rosto, chorando, claramente chorando, ele está ali, disse uma Cinthia mais hesitante, o que será que aconteceu?, perguntou a alguns bons passos na minha frente, encostando no ombro dele, do homem que ela dizia ser filho do paciente do leito 27, obrigando ele a se virar, olhar pra trás ainda limpando os olhos, o nariz que escorria, e muito antes de notar isso, de reparar que ele precisava de um lenço ou de um pedaço de papel higiênico pra conter aquele ranho todo que ameaçava despencar, bem antes disso reconheci pelo perfil, ainda no movimento de virada de rosto, seu Caio, tá tudo bem?, o que o senhor tá fazendo aqui?, ele ainda meio aturdido, sem notar a cuidadora da mãe no corredor do hospital, a moça de branco que subia e descia as escadas da sua própria casa, a Cinthia, mais gestora do que libélula, sem dúvida nenhuma, não precisamos de apresentações, né?, um acaso como esses, se bem que não acredito muito nisso, não existem coincidências pra quem acredita em Deus, a Cinthia ia despejando frases, uma atrás da outra, cuidando da sua mãe e do seu pai ao mesmo tempo, dizia e apontava pra mim com um sorriso parecido com aquele que atendia os parentes dos pacientes pelo viva-voz, como assim cuidando da sua mãe e do seu pai ao mesmo tempo?, uma libélula lésbica e esquizofrênica, uma mulher que precisa de ajuda, eu pensava, o homem ali parado, em silêncio, com um ranho já sujando parte da barba, me olhando como se estivesse me vendo pela primeira vez, e antes que ela pudesse falar seu nome, antes que pudesse dizer o nome do paciente do 27, como se isso fosse necessário, um médico suspendeu a conversa pra perguntar se ele poderia acompanhá-lo, se o Caio poderia assinar os papéis, porque o hospital estava muito cheio e precisavam liberar aquele leito.

Esse lugar meu pai conhecia bem, o leito foi onde ele passou a maior parte do tempo nos últimos anos, ora na nossa cama-sofá, e depois da morte do meu irmão, o de um hospital também público, onde padeceu por anos, entre a vida e a morte, após a tentativa malsucedida, mais uma, de suicídio, porque não aguentou o corpinho debaixo do ônibus, nem no velório conseguiu estar, uma pena, morrer sem saber que podia ter tido um neto, mais um morto pra sua conta, um burro ignorante, com tantas lacunas na própria vida, um filho não-morto, este sim, vivo, crescendo sob o teto de outro homem, sendo criado como filho varão, herdeiro de um rapaz rico e respeitado, enquanto ele assinava como pai do esmagadinho, da puta desequilibrada, a menina que fez uma faculdade de Letras que ele nunca entendeu pra que servia, não aprendeu a escrever quando era pequena?, mais letras?, pra que tanto alfabeto?, como seria bom se pudesse estar ali, ao lado do caixãozinho pra escutar as coisas que eu disse pra minha tia, pro seu sobrinho Ivanzão, como ele costumava dizer, e que poderia ter sido o genrão, paizão do netão que matei de forma sórdida fazendo buscas na internet, me aconselhando em fóruns online com mulheres também perfuradas, algumas com mais outras com menos sorte do que eu, que não conseguiram, que não tiveram sucesso na prática do aborto, que foram processadas, até presas, ou que tiveram que botar no mundo crianças deficientes, ainda mais do que elas, com problemas mentais oriundos dos remédios administrados pelos tais fóruns digitais anônimos, crianças que passaram a vida com a língua de fora, portando babador, despejando gemidos pra se comunicar, mas ele não estava lá pra ouvir isso da minha boca, embora tanto tenha sussurrado essas coisas em seu ouvido ao longo dos anos em que esteve em coma, no hospital, nas visitas frequentes que eu fazia, de ouro essa menina, as enfermeiras comentavam, sem mãe, sem irmão, com o pai assim, não perde as visitas, às vezes não consegue vir por causa dos estudos, continuou estudando a pobre moça, uma mulher já, mas que não deixa de aparecer pra fazer leituras pro defunto, quer dizer, pro pai, porque jamais chamariam aquele homem sobrevivendo às custas de aparelhos de defunto, um lutador, com gana de viver, repetiam aos montes enquanto limpavam as escaras cada vez mais profundas, porque o corpo, ao contrário da mente humana, não consegue escamotear as feridas, vocês têm certeza de que ele escuta?, eu perguntava, que ele ouve as coisas que falo?, elas garantiam que sim, os médicos também, com certeza, os estudos mostram, suas pálpebras também confirmavam, e sua tremedeira às palavras que desferia toda semana contra aquele corpo prostrado no leito, chegaram a me perguntar algumas vezes, mais no começo, de maneira delicada, sem deixar escapar o que de fato estavam dizendo, se era da minha vontade desligar os aparelhos, não assim, palavra atrás de palavra desligar-os-aparelhos, mas de maneira disfarçada, como é do comportamento humano fazer, depois de algumas paradas cardíacas, você quer que a gente insista, que a gente vá até o final mesmo?, entenda o que estou dizendo, os médicos explicavam, eu fingindo ouvir, decidida, até o final, sempre, ainda que seja com os aparelhos, pra viver atracado a eles, um respiro de pai, preciso dele aqui, lutando, eu acredito, não perco a fé, dizia portando objetos que deveriam ser religiosos, mas também poderiam não ser, o pai maior, não o minúsculo, pensava, o pai que escrevem com letra maiúscula, igual aos avisos pra eliminação correta de feto no fórum digital, preciso dele aqui, até o fim, tanto ainda a dizer, histórias sobre o filho esmagado que ele não quis ver, os detalhes que os policiais registraram no inquérito aberto contra o motorista do ônibus que tinha dormido mal por conta da bebedeira da mulher, mas era o seu nome que deveria estar lá, Raul, seu nome que deveria estar anotado em caixa alta em todos aqueles papéis, o menino sozinho procurando a casa da sua amante pra tentar trazê-la de volta, pra fazê-lo sair de um leito parecido com este aí que você ocupa hoje, sem saber que o acasalamento do jumento com a égua fora um sucesso, que o futuro jogador de futebol crescia feliz com a égua e o corno, num cruzamento, ignorando a faixa de pedestres, talvez pela pressa, talvez por raiva, talvez pela ansiedade em ver uma família formada, novamente uma família, ainda que de burros, éguas e vacas, meu irmão não viu o ônibus, quer dizer, impossível não ter visto um carro daquele tamanho, mas pode ter imaginado que desse tempo, que daria tempo se corresse, mesmo com perninhas estreitas, apenas um passinho a mais e tudo seria diferente, um erro de percurso, um burro, como sempre disse, o motorista cansado, uma noite de gritarias em casa, não deu tempo de frear, era isso que atestavam os documentos, e um disco de freio já gasto, como a paciência daquele homem com aquela mulher, já consumido pelas brigas, pela cachaça desmedida, não deu tempo, mas não foi isso, pai, eu dizia no ouvido dele, o que matou meu irmão foi o seu egoísmo.

A primeira vez que vi o Caio, o rosto que carregava parte do meu DNA, um pedaço do meu pai ali na minha frente, eu discutindo a quantidade de fraldas, pomadas, o horário dos remédios da velha com a dona Cláudia, aquele moço sentado na mesa calado, distante, mudo, sem interesse, isso bastaria pra eu ter pelo menos desconfiado, pensado que ele só poderia ser alguém da dinastia de homens alheios, um gene fraco, sem força, sem autoridade, mas nem isso me fez supor que ele poderia ser o filho que a amante do meu pai disse que tinha perdido, jogado pela privada, ela não deve ter dito dessa maneira pro meu pai, que não suportava nada, imagina um filho descendo pelo ralo?, depois um neto, uma árvore genealógica correndo sob a cidade, misturada com mijo de desconhecidos, todo tipo de coisa que não presta, ainda menos que esse sangue, contaminando os catarros de velhos doentes, as fezes de mendigos, tudo misturado na tubulação, os dois homens que poderiam garantir a continuidade da gente, era o que meu pai teria dito, mas ele não teve como pensar em nada disso, porque Yolanda não deve ter falado privada, que jogou o filho deles na privada, mas que o menino não tinha vingado, isso bastou pra colocar o velho prostrado feito um jumento indeciso no meio do pasto, que não sabia o que fazer com o fato de que aquele amor, o único que ele conseguiu dar, não serviu pra gerar vida nenhuma, só mortes, uma pilha delas, embora isso ele também não saiba, mas fico pensando na tristeza da mamãe, não por saber que o burro havia sobrevivido, que agora ocupava tantos pastos, mas por ter confirmado que eu, mesmo tendo nascido mulher, herdei o gene de mula dessa leva toda, porque mesmo não tendo percebido nem um traço de semelhança no nariz ou na boca, nem um trejeito irritante que ele pode ter herdado do meu pai, mesmo não tendo notado nenhuma semelhança física do Caio com a nossa família, também não fui capaz de fazer contas, de pensar que aquele menino, já um homem quando o conheci, poderia ser mais uma das mentiras que a velha havia contado durante a vida, pra tantos homens, isso preciso reconhecer, uma velha que enganou, que deve ter rido de muitos homens, não como minha mãe, que só foi capaz de chorar, mas não a Yolanda, primeiro do próprio marido, seu Rui, o patriarca morto, espalhado pela casa em forma de cadeira, quadros, cama e lençóis, tudo ainda da época do seu Rui, imagino o que a velha inventava pra justificar suas ausências, o dia todo na rua, trabalhando por aquela família, ela do outro lado da cidade, maltratando os filhos dos outros, esfregando suas pernas hidratadas no marido alheio, derrubando mães sob efeitos de pílulas no banheiro, depois deve ter se arrependido, pensado que não valia a pena deixar o Rui, mas sobretudo a conta bancária do Rui, pra ir morar com outro erre, um erre muito mais fraco, o Raul, num apartamentozinho que não tinha nem quarto pros dois filhos dele, aquelas crianças, eu e meu irmão, todo fim de semana enfiados no apartamento deles, aquela família que não era dela, a puta abortadeira e o esmagadinho dormindo no sofá dela, deve ter calculado as consequências, a falta de dinheiro, o fim da mesada, apesar da tolerância, Rui não arcaria com aquela palhaçada, não poderia, decidiu que não valia a pena, aquilo não fazia o menor sentido, sem falar do cansaço que já deveria estar sentindo, uma vida dupla, duas casas, muitas mentiras, uma prima do interior doente, vários dias fora pra ficar com meu pai, na casa do meu pai, mas isso não tenho como saber, as mentiras que inventava pro marido, mas nunca a verdade, isso não, dizer que estava com outro erre, o erre pobre, cheio de filhos, o erre viúvo, isso nunca, será que era isso que eu procurava naqueles armários?, mas que encontrei no corredor daquele hospital, como se fosse necessário, o que mais eu queria?, apesar do plano tão perfeito, de ter dado quase tudo certo, ou certo até demais, o que mais era preciso descobrir se aquela história já tinha praticamente acabado por falta de personagem?, mataram o pai, a mãe e o irmão, sobrou a menina, um enredo formado por tanta gente fraca e complicada, depois de tantas mortes, uma atrás da outra, embora papai naquela época ainda fosse vivo, quer dizer, ainda respirasse, consumisse parte importante dos meus rendimentos, minha renda, composta na época por pensões, doenças e um salário horrível da livraria e depois na casa de repouso, transferido pra lá com a ajuda da Joana, é uma história muito difícil, não conta pra ninguém, por favor, ela jurou que não contaria, eu prometo, até por conta da gratidão, por ter salvado a minha mãezinha, eu não faria isso, você deve ter seus motivos, vou orar pra tudo acabar bem, eu mandava ela rezar e calar a boca, não desse jeito nem nessa ordem, mas o importante era conseguir uma vaga pro velho num lugar em que eu pudesse estar perto dele, garantindo doses diárias de mensagens ao pé do ouvido, exercícios de reativação da memória, tudo perfeito, não fosse a Joana, não fosse sua falta de lealdade, que sucumbiu ao papo da gerente da casa, à conversinha de uma mulher que nem do cabelo conseguia cuidar, e que depois de uma ou duas investidas conseguiu as informações que queria, será que foi a libélula gestora ou a libélula lésbica que fez a Joana falar demais?

Ele não conseguiu reagir, talvez não tenha tido tempo pra dizer o que queria, o que estava sentindo, ou apenas seguiu a tradição dos homens da família, especialistas em não dizerem nada, quando me viu ali no hospital o Caio não falou nada, ficou me olhando com uma cara de quem tinha chorado muito ou dormido muito mal na noite anterior, apenas balançou a cabeça, sem sorrir, sem nada, prostrado, como quem não nega sua origem de maneira nenhuma, aproveitei a confusão do médico que veio dizer que ele tinha que acompanhá-lo pra assinar os documentos e liberar o corpo pra sair dali, um pai morto pra um livro que já era péssimo, sem personagens, era o que teria pensado se estivesse com a cabeça no lugar, raciocinando sobre tudo o que estava acontecendo, o jumento morto no momento em que descubro o burrico vivo, o burrico sobrevivente, um romance que agora parecia ganhar ares mais promissores, mas não conseguia pensar em nada disso naquele corredor de hospital, nem que tinha um novo irmão, um homem no lugar de outro que tinha acabado de ir embora, mesmo sabendo que meu pai já tinha partido há muito tempo, talvez poucos dias depois ou poucos dias antes do suicídio da minha mãe, depois que descobriu que sem as pernas doentes ele poderia ser feliz com a sua amante, que nem precisaria mais ser amante, será que meu pai foi embora junto com ela?, junto com mamãe porque não conseguiu suportar a dor da sua morte?, mas isso mudaria tudo, agora um homem bom?, um pai provido de sentimentos?, um homem tão ressentido que não teve forças pra cuidar dos próprios filhos?, por isso os largou à própria sorte na casa da tia, da irmã da mãe, e se jogou nos braços de outra mulher por pura incapacidade de lidar com tudo aquilo, quem acreditaria nisso?, revejo minha imagem ainda dentro do hospital, mas com dificuldade de lembrar o que sentia além de muita raiva da Cinthia, de muita vontade de gritar com ela por que você não falou comigo antes?, sem falar da Joana, da vontade de voltar no tempo e encolher meu braço bem na hora que a cabeça da mãe dela estivesse pertinho dele, pra que pudesse tocar o chão, pra que todos ouvissem o barulho da sua cabeça rasgando o asfalto e molhando a rua, será que é normal ter tantos pensamentos assim?, sentia necessidade de sair dali, ir pra casa, não pra minha, não com o casal de velhos, provavelmente ainda internados, precisava ver a velha, a leprosa de quem cuidava e que já devia estar com uma meia dúzia de pedaços a menos, era isso que eu sentia, conforme o tempo passava, uns pedaços de Yoyô iam ficando pelo caminho, talvez um pouco no lençol, um pouco no boxe do banheiro por conta da pressão da água sobre aquela pele tão frágil, um pouco no carpete do quarto, assim que deixei o hospital, aproveitando que a Cinthia teve de acompanhar o burrico filhote, o Caio, meu mais novo irmão, à administração, já volto, ela disse, não saia daqui, mas é claro que não obedeci, isso minha mãe já falava quando estava viva, que às vezes tinha vontade de me esganar por conta da minha teimosia.

Deve ter sido essa a vontade da Cinthia quando voltou ao corredor que havia me deixado e não me achou, deve ter pensado em me matar, isso nunca perguntei pra ela, até porque não faria sentido perguntar pra quem quer que seja você já teve vontade de me matar?, uma pergunta estúpida, disso não tenho dúvidas, sou capaz de apostar que das poucas pessoas que pensam de fato em tirar a vida de outra, nenhuma jamais confessaria esse desejo, buscariam amparos diversos na filosofia pra construírem teses sensatas, teses que parecessem sensatas e ludibriariam o questionador, o perguntador, fazendo crer que essa é mesmo uma pergunta sem pé nem cabeça, ora, alguém pensar em tirar a vida de outra pessoa, enquanto os outros, a maioria que acredito que nunca tenha pensado mesmo nisso, talvez respondessem que sim, claro, muito, quis muito te matar aquele dia, o que não quer dizer nada, apenas um jeito de evidenciar que ficou irritada com a pessoa naquele momento, sem que com isso imaginasse formas de atentar contra sua vida, contra a vida do perguntador, apenas uma expressão, que ela nem explicaria, porque julgaria que isso estava implicitamente compreendido, devidamente absorvido, uma forma apenas de dizer não faça isso de novo, nunca mais faça esse tipo de coisa, por isso sustento a ideia de que essa é efetivamente uma das perguntas mais estúpidas que poderiam ser feitas, uma pergunta sem sentido, que nunca faria pra Cinthia, mesmo agora tão mais libélula, tão mais lésbica do que antes, quando administrava o depósito de idosos, agora que não trabalhamos mais juntas, talvez por isso tenha se permitido mexer mais nos cabelos, nos meus e nos dela, não que me incomode, embora muitas vezes me incomode muito, mas também não seria capaz de dizer uma coisa dessas, não faria nenhum sentido dizer pra alguém não mexa no seu cabelo, uma ideia estúpida, outra ideia estúpida, como naquele dia, no dia do hospital, em que ela queria que eu ficasse ali, esperando que voltasse da administração, onde tinha ido com meu irmão, meu irmão, irmão, ainda preciso repetir algumas vezes pra entender que aquele filhote de mula é da minha família, eu na espera enquanto tantos pensamentos me atingiam, sem falar das perguntas, das dúvidas que se acumulavam na minha cabeça, não queria saber se teve vontade de me matar ou se ela era mesmo uma libélula lésbica, nada disso, queria saber como todos eles tinham chegado àquela conclusão, como aquela gente estúpida havia descoberto tudo antes de mim, eu ali, enfiada na casa do Caio, com sua mulher, seu filho, sem saber de nada, ele era mesmo meu irmão, irmão, meu irmão?, no fundo sabia que era, infelizmente sabia, mesmo assim deixei a Cinthia acreditando que ficaria ali à sua espera, enquanto andava pelo hospital atrás da minha melhor amiga médica, quem imaginaria?, será que as pessoas que perguntavam pra ela como é ter um pai drogado agora perguntariam como é ter um diploma de medicina?, mas naquele dia precisava que me ajudasse, e quem sabe depois teríamos tempo pra falar das mais de duas décadas de afastamento, nos evitando, nos protegendo, ou nada disso, apenas vivendo em sintonias diferentes, ela estudando, eu me fodendo, como estava previsto, você pode me ajudar?, perguntei assim que a encontrei preenchendo fichas num balcão lotado de gente, só preciso saber sobre o moço que veio assinar os papéis, disse, minha amiga querendo falar sobre a morte do paciente, as causas, lamentando tudo, seu pai, sinto muito, ela repetia, até um abraço me deu, que dia pra nos encontrarmos, ela repetia, sinto muito, eu atordoada querendo dizer que se foda o velho, que se foda, olha pra mim, mas fingindo que me importava, quem é o moço?, ela atrás de informações naquele lugar horrível, já volto, um monte de gente sem atendimento, eu querendo saber a identidade do moço, coitada da minha amiga, disseram que é filho dele, filho do paciente, ela falou, devem ter se enganado, essa bagunça, tanta gente pra ser atendida, isso não tem cabimento, seu pai com outro filho?, você com outro irmão?, sem saber que não tinha mais um, que não tinha mais o primeiro irmão, um erro desses, vou buscar água pra você, não saia daqui, ela disse.

Madalena andava estranha por aqueles dias, mais calada, acho, embora se tratando de Madá qualquer coisa parecida com isso ainda signifique alguém falando muito sobre muitas coisas, quando apareci na sala da dona Cláudia depois de deixar o hospital, de deixar a Cinthia e minha melhor amiga me esperando, logo que entrei e dei de cara com ela percebi que aquele não estava sendo um dia estranho somente pra mim, Madalena também parecia estar vivendo horas difíceis, ela chorava agarrada num pano, que poderia ser um pano de prato ou alguma daquelas fraldas com azedo de Leonardo que vivia carregando pra cima e pra baixo, o menino no cadeirão, ao lado dela, calado, surpreendentemente mudo, talvez me esperando dizer oi, bebê, sou sua titia, aquele moleque era meu sobrinho, um integrante da linhagem dos burros, um jumento em formação, outro ser fraco colocado no mundo e que também poderia ter invadido o encanamento alheio, mas por total inadvertência da mãe e do pai, meu irmão, irmão, irmão, no caso, por pura irresponsabilidade daquele casal, pairava sorridente na sala, pronto pra começar a grunhir coisas ininteligíveis, larguei os dois lá, ela com a fralda, ele com um pedaço de comida na mão, será que ela não percebeu que ele pegou isso do chão?, subi, apesar dos protestos da Madá, de ela me chamar insistentemente, de pedir pra que ficasse com ela, talvez porque quisesse me contar alguma coisa, hoje sei que tinha muito a me dizer, podia começar me pedindo desculpas, um início bom pra tudo que tinha feito, mas que na hora eu não sabia, eu, a filha do jumento, uma completa ignorante, quem esperaria um comportamento menos estúpido de alguém originada daquele tipo de constituição genética?, entrei no quarto esquecendo todo cuidado que tive dentro daquela casa desde os primeiros dias, as pisadas macias, a doçura com a velha, a paciência com aquela criança insuportável, que cheguei a achar feia, mas isso antes de saber da linhagem, que vinha da mesma linhagem que eu, empurrei a porta com violência esperando encontrar a moribunda adormecida, a cena típica dos últimos anos, o barulho de respiração ruim, a baba escorrendo pelo queixo, a boca sempre entreaberta, os olhos fechados e cheios de cracas, mas dona Yolanda parecia menos desfalecida do que nunca, uma velha ainda, claro, mas assim que me viu suspendeu o pescoço em direção à porta pra me olhar, fazendo questão que a visse me olhando, poderia ser apenas uma reação ao barulho desmedido da minha entrada, mas ainda assim uma reação inédita, me vendo dentro do quarto voltou a acomodar a cabeça no travesseiro, agora virada pra janela, desde quando essa mulher escolhe pra que lado olhar?, corri pro armário e comecei a jogar tudo no chão, roupas, objetos, perfumes, caixas de sapatos, chapéus, lenços, depois passei a puxar também as gavetas, várias, com coisas dela, com coisas do Rui, contas de luz antigas, documentos amarelados, quase se desfazendo, consegui ouvir a voz da Madalena se aproximando, tranquei a porta, que ideia absurda manter a chave pendurada na fechadura numa casa cheia de imprestáveis como aquela, Madá seguia gritando do lado de fora enquanto eu continuava arremessando as coisas no chão, com violência, sem pensar nem entender o que estava procurando, em alguns momentos sem lembrar o que ainda fazia naquela casa, passei pra parte superior do armário, as pastas, os envelopes, tudo revirado, alguém havia chegado antes de mim, o reduto intocável mexido, desvirginado, tá aqui o que você quer, tá aqui, a Madá gritava, abre a porta, abre que te dou, como ela, logo ela, saberia o que estava procurando se nem eu mesma tinha certeza?, naqueles segundos, que já poderiam ter se transformado em um ou dois minutos, decidi não descer do banco, não ceder à pressão da porta, aos gritos da babá do Leonardo, meu sobrinho quadrúpede, mesmo sem entender os baús revirados, tocados por sei lá quem, não sei se foi antes ou depois de derrubar algumas daquelas caixas no chão, tentando ver além do maleiro, ou talvez no momento exato em que uma das caixas se espatifou no chão, espalhando pó, fotos e um monte de papéis, talvez por ter me visto mexendo nas suas coisas, revirando e bagunçando sua vida, a filha do amante jogando sua história no chão, a velha Yoyô deu lugar à vagabunda Yolanda, provavelmente cansada de tantos anos de adormecimento, tanto embargo, primeiro soltou um gritinho parecido com o que o neto dava, dizendo coisas indecifráveis, quase vomitando, sufocada, eu já fora do banquinho, longe do maleiro, mais perto daquele rosto defeituoso, das pernas agora ressecadas, um mapa cheio de rios em forma de varizes, uma velha rabiscada, será que papai ficaria feliz de ver como ela ficou?, consegui escutar a carta, ela tá com a carta, menina, ela disse, tantas memórias revirando meu estômago, essa velha tá falando?, não conseguia me mexer, me afastar dela pra abrir a porta, ouvia a Madalena dizendo pra ter cuidado, pra não fazer nenhuma besteira, eu sei de tudo, ela falava, o que será que ela quer dizer com não faça nenhuma besteira?, lembrei da minha tia, da irmã da minha mãe repetindo coisas como essas incansavelmente, partindo sempre do princípio de que este era um risco inerente da minha natureza, uma pessoa fadada a cometer besteiras, veja lá, cuidado pra não fazer nenhuma besteira, ela dizia, um DNA comprometido, isso não posso negar, será que o suicídio também pode ser hereditário?, tal qual um nariz aquilino, um cabelo cacheado ou mesmo o estrabismo, potencializado pela herança genética?, isso me deixaria como única descendente desta leva de estragados, já que meu irmão, o meu irmão que não preciso ficar repetindo irmão, irmão, irmão pra saber que é meu, que era, antes do ônibus, já que não está mais aqui e que talvez também tenha se lançado de algum modo àquela desventura, ainda que de forma inconsciente, querendo crer que estivesse indo salvar papai, indo encontrar a fonte de sua angústia, quando na verdade só queria acabar com a dele, meu irmão esmigalhado por quatro grandes rodas e algumas dezenas de pessoas pra acabar com a própria dor, será?, seja como for, se livrou do peso desta árvore genealógica, já o irmão, irmão, irmão pode ter algum grau de comprometimento, mas leve, uma vez que o próprio gene suicida do meu pai deve ter vindo com defeito, com alguma anomalia, um gene que tentou ser suicida mas falhou miseravelmente, o que me leva ao topo do pódio, como única detentora deste privilégio que é poder legislar, sem hesitação, sobre continuar vivendo ou não, embora não pense nisso, mesmo sabendo que no fundo todo mundo tem esse medo, de se matar.

A voz da Madalena não parava de invadir o quarto, igual acontecia com o silêncio na casa do meu pai, esses bichinhos quando querem, digo, tanto o barulho como o silêncio se precipitam pelas frestas, invadem os ambientes, varrem móveis, tapetes, sofás, no caso da Madá naquele dia, foi isso que seus gritos fizeram, exatamente isso, tomaram o quarto por todos os buracos que encontraram, correram porta adentro, fustigando meu cérebro, atormentando minha cabeça, que não conseguia raciocinar, não conseguia entender se a velha tinha mesmo falado ou era uma alucinação diante do nervosismo, estresse pós-traumático, há tanto sobre ele na literatura, não sou eu quem estou dizendo, é muito comum, mais do que se imagina, não conseguia entender mais nada, cala a boca, Madalena, por favor, para de falar, hoje eu sei que era culpa que ela sentia, arrependimento, perpetuando a saga das Madalenas desoladas, tentando se livrar da vergonha de ter traído a única pessoa que a tratava feito gente dentro daquela casa, uma cúmplice da velha, ela falando cada vez mais alto do lado de fora, insistindo que estava com o que eu precisava, desde quando?, desde quando você sabe do que preciso?, vai cuidar daquele infeliz, daquele menino que deve estar berrando, a esta altura deve ter comido alguma coisa que pode ter parado na garganta dele, não sei ao certo se cheguei a dizer isso ou só pensei, pode ser ainda que tudo esteja me ocorrendo agora, a ideia de que ele, o Leonardo, poderia estar chorando muito e convencido de que Madalena, assim como os outros, não voltaria, por isso decidiu usar o restinho do seu gene suicida engolindo uma roda de carrinho, uma rodinha feita pra travar gargantas, interromper infâncias inúteis, vai cuidar do menino, repetia, mas sem sucesso, ela continuava lá, implorando, não quero entrar, só preciso te entregar isso, depois de um tempo, de tanto ela pedir, resolvi abrir, peguei o que ela trazia na mão e bati novamente a porta pra que ela não tivesse chance de entrar, embora continuasse falando, pedindo pra não fazer nenhuma besteira, pensa bem, pensa bem, sentei na cama, talvez com uma parte do corpo em cima das pernas que levaram minha mãe daqui, do que sobrou das pernas que levaram minha mãe daqui, dos garranchos que agora marcavam a pele daquela mulher, fui lendo a carta, a carta que só depois fui saber que já tinha passado pelas mãos do Caio, entregue pela própria Madalena, uma letra difícil ou as palavras que eram difíceis?, tudo ali, desculpa, meu filho, ela dizia, se você está lendo essa carta é porque não estou mais aqui, foi falta de coragem, não consegui te contar sobre seu pai, seu pai biológico, embora tenha ensaiado por anos, tenha sido o que mais queria ter feito, que velha mentirosa, tínhamos uma vida boa, eu e seu pai, mas depois ele apareceu, virou tudo de cabeça pra baixo, dizia que ele era violento, que meu pai a ameaçava, foi pelo medo, nunca por amor, a primeira mulher também não suportou, falava que minha mãe tinha se matado por conta do comportamento do meu pai, das surras que ele dava nela, seu verdadeiro pai sempre será o Rui, somente o Rui, o velho corno homenageado num tributo derradeiro, a negação da paternidade do jumento, mas isso ela não disse, ele tinha dois filhos, um menino e uma menina, ambos doentes, dizia que eu e meu irmão adoecemos por causa de uma criação terrível, sentia pena deles, mas não tinha como ajudá-los, uma mãe louca, um pai violento, louca, louca, louca, várias vezes se referindo à minha mãe assim, finalmente falava de mim, a mulher que contrataram é sua irmã, a cuidadora, sem dizer meu nome, nem no final foi capaz de pronunciá-lo, que eu precisava de ajuda, que talvez minha presença pusesse todos eles em perigo, do que ela é capaz? o que veio fazer aqui?, fecho os olhos pra tentar lembrar das palavras, de todas as palavras, mas eram muitas, sem contar aquelas que a Madalena falava e as que a velha grunhia, entendo você, ninguém merece passar por isso, mas acho que essas foram frases da Madá, ainda na porta, ou da minha mãe dentro da minha cabeça?, também lamentando tudo aquilo, me mandando fazer o que precisava ser feito, você sabe, ela dizia, logo agora, com tanta gente falando, mãe?, o que precisa ser feito?, por mais que me peçam pra contar, toda semana a mesma tortura, pra contar o que aconteceu, mesmo eles me dizendo que é importante lembrar, muda tudo lembrar, pra deixar isso pra trás, um recomeço merecido, uma nova chance, eles dizem, quando sei que no fundo eu só preciso esquecer, tentar ficar com o resto, com o que sobrou, mas eles não entendem.

AGRADECIMENTOS

Aos colegas e professores do Instituto Vera Cruz, que acompanharam boa parte desse processo, tanto por meio de leituras e comentários atentos como de longos papos que atravessaram as madrugadas na Ria Livraria. Aos amigos do CL, grupo de escrita com quem compartilho quinzenalmente textos, angústias e ideias, e que me convenceram de que eu estava mesmo escrevendo um romance: Bruna Waitman, Camila Martins, Daniel Keichi, Luiza Lorenzetti e Julia Santalucia. Ao Leopoldo Cavalcante, que abriu sua casa editorial para esse projeto com a premissa de que este seria um canto coletivo e longevo.

À Silvana Tavano e ao Fabrício Corsaletti pelo privilégio das leituras críticas e trocas generosas. À Vanessa Ferrari, que desde o primeiro encontro com o texto abraçou a vertigem dessa personagem e me entusiasmou a seguir. Ao Roberto Taddei, que me ajudou a perscrutar a técnica sem perder a imaginação jamais. À Manuela e ao Thiago Eichner, que tão bem rastrearam as particularidades e os delírios dessa narrativa e deram cara a este livro. À Isabel Teixeira e ao João Paulo Cuenca por disporem de suas palavras a serviço dessa história, me ajudando a dar contorno à verdade e sentido à ficção.

Pelas leituras sensíveis, ligações entusiasmadas e afeto de sempre: Cintia Ruiz, Fernanda Aranda, Fernanda Silva, Miriam Gimenes e Thais Marotta. Ao meu irmão Fernando, que, além de sua competência primorosa como revisor, me emprestou sua escuta e apoio incondicionais. À Manu, pelas dezenas de leituras, comentários e conversas, desde as primeiras linhas deste romance, mas, sobretudo, por passar os últimos treze anos repetindo que o nome da minha incompreensão a respeito de todas as coisas era literatura. Ao Heitor, que flagrei várias vezes mostrando para os amigos as paredes rabiscadas da nossa casa com partes deste livro e dizendo feliz "ela inventou tudo isso aí". Ao meu avô, Antônio Braz, cujas histórias contadas do banco do motorista da sua brasília me ensinaram a linguagem mais importante, a do amor.

Acima de tudo, ao Rogério, meu irmão mais novo, que, ao partir tão cedo e de forma tão íntegra, me ensinou sobre a urgência da vida. Você está em cada página deste livro, amigão.

[Primeira edição, novembro de 2024]

Esta obra foi composta em Adobe Caslon Pro.
O miolo está no papel Pólen® Natural 80g/m².
A tiragem desta edição foi de 1500 exemplares.
Impressão pelas Gráficas Loyola (SP/SP)

A marca FSC® é a garantia de que a madeira utilizada na fabricação do papel deste livro provém de florestas que foram gerenciadas de maneira ambientalmente correta, socialmente justa e economicamente viável, além de outras fontes de origem controlada.

Edição © Aboio, 2024
O que resta a partir daqui © Flávia Braz, 2024

Grafia atualizada segundo o Acordo Ortográfico da Língua Portuguesa de 1990, que entrou em vigor no Brasil em 2009.

Os personagens e as situações desta obra são reais apenas no universo da ficção: não se referem a pessoas e fatos concretos, e não emitem opinião sobre eles.

Dados Internacionais de Catalogação na Publicação (CIP)
Aline Graziele Benitez — Bibliotecária — CRB — 1/3129

Braz, Flávia
   O que resta a partir daqui / Flávia Braz -- 1. ed. -- São Paulo: Aboio, 2024.

   ISBN 978-65-85892-28-5

   1. Romance brasileiro I. Título

24-235057   CDD–B869.3

Índices para catálogo sistemático:
1. Romances : Literatura brasileira

[2024]

Todos os direitos desta edição reservados à:
ABOIO EDITORA LTDA
São Paulo — SP
(11) 91580-3133
www.aboio.com.br
instagram.com/aboioeditora/
facebook.com/aboioeditora/

EDIÇÃO Leopoldo Cavalcante
PREPARAÇÃO Vanessa Ferrari
REVISÃO Marcela Roldão e Fernando Gonzalez
PROJETO GRÁFICO Leopoldo Cavalcante
CAPA Thiago Eichner
COLAGEM Manuela Eichner